U0118515

時代小說11

TASOGARE SEIBÊ
黃昏清兵衛

藤澤周平(FUJISAWA Shûhei) 著
李長聲　譯

時代小說11

黃昏清兵衛

TASOGARE SEIBÊ

作　者　藤澤周平(FUJISAWA Shûhei)
譯　者　李長聲
總 編 輯　汪若蘭
責任編輯　劉文琪
行銷企劃　謝玟儀
封面構成　afra
電腦排版　張凱揚

社　長　郭重興
發行人兼出版總監　曾大福
出　版　木馬文化事業股份有限公司
發　行　遠足文化事業股份有限公司
地　址　231台北縣新店市中正路506號4樓
電　話　02-2218-1417
傳　真　02-8667-1065　E-mail: service@sinobooks.com.tw
郵撥帳號　19588272 木馬文化事業股份有限公司
客服專線　0800221029
法律顧問　華洋國際專利商標事務所 蘇文生律師
印　刷　成陽印刷股份有限公司
初　版　2008年4月
定　價　260元
ISBN　978-986-6973-69-7

國家圖書館出版品預行編目資料

黃昏清兵衛 / 藤澤周平著 ; 李長聲譯.
-- 初版. -- 臺北縣新店市 : 木馬文化出版
: 遠足文化發行, 2008.04
面 ;　公分. -- (時代小說 ; 11)

ISBN 978-986-6973-69-7(平裝)

861.57　　97003858

目次

黃昏清兵衛

たそげれ清兵衛

一

時間已經晚上十一點多，在藩城北濠邊上的小海坊，家老杉山宅邸的後屋還亮著燈。

有兩位來客，總領寺內權兵衛和郡鄉總管大塚七十郎。宅邸的主人杉山賴母緊抱雙臂，不知歎息了多少次，終於放下手臂，啪地拍一下膝頭。

「唉，總之先等半澤的消息吧。」

「若是沒搞錯，你打算怎麼處理呢？」寺內說。杉山看著他那肉乎乎的紅臉頰和圓眼睛。

「那時候就不能置之不理了。」杉山給自己打氣似的，這回用拳頭大力擊了一下膝頭。「正面決戰，搞掉堀將監。」

藩裡現今有一個積重難返的問題，那就是位居宰輔的首席家老堀將監專橫跋扈。不過，他如此專橫，杉山等其他執政也不無責任。

七年前，氣候異常，藩遭遇前所未有的災荒。插秧時節、插秧之後都滴雨未降，盛夏一般的烈日普照田野，讓人惴惴不安。農民們拼命弄水，翹盼梅雨，但梅雨還不到十天，進入六月便放晴，只是濕了濕乾裂的田地。

到了往年梅雨結束的六月中旬卻下起雨來，那雨水竟冷得要命。一連下了五天，第六天變成藩民從未見過的暴雨。一天一夜，昏天黑地，簡直分不出白天與黑夜，只聽得雨聲嘩嘩作響，大河小溝都蕩蕩橫溢。雨終於停了，平地上的水田旱田全都沉在了水下。

不僅田地，流經藩城邊的五間川氾濫，街鎮也浸水。下游決堤，有的村落甚至被沖走了房屋。

水退了，七月的陽光照射劫後餘生的稻子，當此時節，卻又從藩境的山地連日吹過來冷風，把本來就打蔫的稻田吹得翻江倒海，吹遍原野。這樣的日子一連好多天，抽穗太晚了。大災荒已然是板上釘釘。

藩內前一年也歉收，但財政困難，藩府仍強行收繳地租，各村不少人家把存米都拿出來交租。轉年大災荒，這下藩裡可要餓死人。

藩府慌忙掏空了藩庫，設法從京都一帶購買稻米和雜糧，並禁止把糧食帶出藩，鼓勵米飯摻雜糧，採取了各種防止饑荒的措施。不待藩府指示，藩民爭相進山野挖葛根、蕨根。連蘿蔔、蕪菁、白芋、紅薯的葉子也弄乾了食用。甚至把款冬葉、虎杖、薊葉或者水煮，或者去掉苦澀，都用來摻米飯。

不出所料，藩域之內從秋到整個冬天遭受饑饉，藩民度過饑寒交迫的嚴冬，到了三月，從京都一帶張羅的稻米雜糧終於運來了，藩府便強行配給制度，按家臣、市人、村民的順序出售大豆、麥子。對於手裡沒有買米錢的藩民實施貸款，而借貸也不可能的赤貧，由坊官、村吏開列名單，每人每日發給一合五勺救濟米。

總算沒餓死人，好歹度過了饑荒，但此後財政告罄，當時的執政們一籌莫展。徒具形式分派的地租連三分之一也收不上來，又全都放貸。貸款也罷，用於賑災的藩金也罷，都無法限期收回來。

之所以無法限期，是因為兩年接踵而來的打擊使農村凋敝不堪。各村紛紛出現了開春沒有種子往田裡撒的農戶。不要說借錢買種子，甚至有人受不了連續兩年借債的重壓，放棄田地，到鎮上做工。

令藩府擔心的荒地開始出現了。藩府有規定，荒地不許轉賣他人，由村落共同耕種，這個規定變成各村的重負。誰都是自己的事情還忙不過來呢。各村東一塊西一塊剩下到了春天還種不上的田地。債臺高築的各村氣息奄奄。

儘管處於這種局勢，藩府的支出卻還是照出不誤。發佈節儉令，那也是杯水車薪。籌措一些資金，重建慘遭重創的農政是首要問題。新年伊始，執政們把鎮上的富商一個個叫到藩府來，交涉借錢，但他們已經借給藩裡很多錢，再出借，豈止回報，連能不能收回來都沒有把握，所以一律是面露難色。

結果，一直交涉到開春，藩府借到手的錢還不到所需金額的五分之一。交涉以失敗告終。其後，三名主宰藩政的家老、一名位居家老之下的中老辭職，留在執政位置上的只剩家老成瀨忠左衛門、中老杉山賴母二人。

補缺的是堀將監，由總領升任家老之職。還有一人新任家老，野澤市兵衛，也是堀派的人。堀的父輩長年擔任首席家老，在藩內隱然留下了堀派這個派閥，野澤市兵衛也當過家老，所以這二人可說是多年之後又重新執政，東山再起。他們二人，再加上留任的成瀨忠左衛門、由中老升為家老的杉山賴母，這四個人佔據家老之職。中老新任命了吉村喜左衛門和片岡甚之丞，他們也屬於堀派。

二

堀將監當總領的時候屢屢批評舊執政的政策，關於災荒的善後也誇下海口，說自己另有方策。進入執政之列，又坐上首輔的位置，迅即在藩政上推行自己的方針。

藩內有一個船運商，叫能登屋萬藏。這個新起的商人擁有千石船二艘，載重五百石、三百石的船數艘，北到松前，南到京都一帶，販運各地物產，傳聞錢多得無法想像。他住在港口所在的須川，離藩城二十多里。

以前藩府與能登屋有過兩次親密接觸。一次是幕府攤派，修復江戶的寺廟神社，藩裡拿不出工程所需資金，向能登屋商借五千兩。再次是能登屋找藩府，要承攬蘆野新田開發，這是藩裡最大的開墾事業。然而兩次交涉都付諸東流。原因是能登屋提出的條件令人覺得不像是本藩的商人，兩次放貸在利息上都過於苛刻。藩府拮据，總惦記能登屋萬藏的財富，卻又怕這個極其會鑽營的商人介入藩政。

堀將監肆意把能登屋的財力拉進了藩政之中。他首先以救濟因祿米被征借而困窘的下級藩士為由，向能登屋借一萬兩充盈藩庫，使祿米征借率有所緩解。爾後在村與能登屋之間打通低利融資的途徑，使能登屋可以不通過藩府直接向村放貸資金或種子。

藩府認可的貸款納入村制度中，從表面看，這就像藩府對凋敝的各村實施救濟的一個權宜之計。且不管將來如何，能登屋的錢確實給死氣沉沉的各村帶來了生氣。

舊執政和家老成瀨忠左衛門、杉山賴母等瞪大了眼睛看著堀的大膽而果斷的政策，沒有公開唱反調，因為在舊執政之間也常有用能登屋的錢給藩政注入活力的欲望。不過，包括成瀨和杉山在內的舊執政們都擺脫不掉憂慮：這麼做的結果，讓能登屋插手進退維谷的藩政，而鄉村被他的錢捆住，遲早會造成比以前更嚴重的凋敝。可是，堀將監不顧一切與能登屋聯手，也只有靜觀其變。

現在後果出現了，那就是能登屋在收購荒廢的田地，要成為地主。以前也發生過郡鄉總管等官吏幫助地主、富商收購荒地，從中獲利的事件，都受到了嚴懲。但這次能登屋公然下手收購荒地，有一個正當的理由，那就是以地抵債，誰也無法懲辦他。

藩府一貫推行的是通過開墾新田等扶植腰強腿健的自耕農，一旦農政的基礎崩潰，藩內就會出現很多佃農以及從未有過的大地主。

能登屋慷慨為藩府的各項措施提供資金，雖然掛了低利融資這個看上去好像是合作的面具，但不用說這全都是藩府的債台。能登屋跟藩府這個最牢靠的債主緊密結合，使財力日益膨脹。他在鎮上開了分店，藩士悄悄出入那裡借錢，不絕於後，最近也成了公開的秘密。能登屋是拯救藩財政困窘的救世主，但他也因此而不斷汲取利益，也是一個巨大的寄生蟲。

也有指責的呼聲出現，堀將監充耳不聞，絲毫沒有跟能登屋疏遠的意思，對強烈反對的人則嚴加鎮壓。

主管農政的高柳莊八嚴厲批評以能登屋的融資為基礎的政策，馬上被罷免，處以閉門思過五十天。郡鄉總管三井彌之助詳細調查能登屋收購土地的情況，偷偷上呈報告，被降職到邊地。財務總管的屬下諏訪三七郎詳細記載藩府從能登屋借貸的情況，附上意見書，要呈遞和泉藩主，結果被扣壓，世襲的俸祿被削掉一半，調到邊境守關卡去了。

堀將監的獨斷專行不止於鎮壓反對派。諏訪三七郎是行事謹慎的人，調查記錄及意見書還作了副本，由藩主近側的友人悄悄遞上去。年輕的藩主看了大為惱怒。堀聽見了傳聞，可能圖謀要換掉藩主。

他的目標是擁立藩主的三弟與五郎。藩主和泉正寬，頭腦明敏，也不無雄心，但體弱多病。或許是這個緣故，他三十二歲了還沒有孩子。堀將監著眼於此，圖謀使這位精明剛烈的藩主早早讓位，立性格溫順的與五郎為藩主。

江戶藩邸的家老半澤作兵衛給杉山送來密信，說和泉藩主因病推遲回藩，大約半個月前，堀將監以探病為由突然來江戶，其真正目的是晉見藩主，當面逼他退位。半澤又補充說，大概堀將監擔心在藩裡幹這件事對家臣影響太大吧。雖然是推測，但半澤既然能說到這個地步，就應該抓住了什麼證據。

堀將監從兩年前就開始明顯地肆無忌憚了。其一是讓能登屋出錢在海邊建別墅，置家臣、藩民於不顧，每月一度在那裡尋歡作樂，以致議論紛紜，他卻滿不在乎。

杉山等一些重臣抓住這件事，以及他對藩主的圖謀不軌，悄悄謀劃對策。據半澤密函，事態終於到了忍無可忍的地步。當初堀將監的父親專橫跋扈，被趕下首輔的位置，看來這種專橫是堀家的遺傳，兒子也開始顯露，比乃父有過之而無不及。

「忠左衛門和我，還有甚之丞吧……」杉山賴母屈指計數。反堀派也並非只是看著堀的專橫，他們說服了中老片岡甚之丞，暗中把他拉到了自己一邊。「執政的勢力現在是一半一半，但要是提到你和加納又左也能出席的要職會議上……」

杉山注視寺內權兵衛的臉，又屈指算計。「除去中立的三人，對方還多了兩個……」

「讓大監察矢野召開監察會議如何？」

「不行，矢野沒那個膽量。他雖然算不上堀派，但是怕堀。」

「那不就束手無策了嗎？」

寺內焦躁，抓起榻榻米上的茶碗送到嘴邊，卻發現是空的，恨恨地放回茶托上。

杉山看著，說道：

「叫茶來歇一下嗎？」

「不，夜已經很深了，繼續吧。」

「好吧。」杉山又看了看寺內和大塚。「我考慮過後，還是開要職會議，有必要公開彈劾堀一次。這由我來幹。抖出他逼藩主退隱這件事，哪邊都不靠的早坂等人也不能不站到我們這邊來。」

「要是抓不到確鑿的證據，可就自找麻煩了。反倒我們有被一網打盡之虞。」

「當然是在掌握了證據之後。」

「將監可是很霸道呀。」寺內用慎重的口氣繼續說：「假設這樣就掐住了他的脖子，他也不可能就此認輸走人。他心裡會明白，一旦退卻，必定被追究罪責。」

「所以現在要商量一件事。」杉山賴母說。聽燈油燃燒的聲響似的，低頭沉默了一會兒，然後抬起堂堂長方臉，臉上露出緊張的神色。雖然在自己家裡，卻壓低了聲音。「如果能在會議上勢均力敵的話，之後我有個對策。」

「……」

「我們強迫他下台，他若聽從，就當場把大監察叫來，若是不聽從，那就只有不讓他離開，除掉他。你們覺得怎麼樣？忠左衛門早就說要誅殺堀。」

「……」

「既然針鋒相對了，讓他毫髮無損地離開會場，我們就敗了。後果是什麼，可想而知。」

「不錯。」寺內喘吁吁地開口。沉默了一會兒，說：「不可能有別的辦法。可是，還需要其他人同意吧。」

「不，沒那個工夫。況且我們這派頻頻碰頭，會被敵人懷疑。」杉山搖搖頭，開始用敵人這個詞。「看看半澤的下一個通知，堀的所作所為若真如半澤說的，就立即派快馬去江戶，請藩主寫一紙詔令。」

「奉旨討賊？」

「對，打著藩主的旗號。」

杉山斷然說，三人互相看了看。沉默片刻之後，寺內說：

「那麼，找誰當殺手好呢？」

「殺手？」杉山一副沉醉於重大決定的表情，心不在焉地看看寺內。「殺手誰都可以，從年輕人當中找一個會使刀的就行。」

「那可不行！」寺內對這位家老的無知很吃驚，告訴他堀將監有一個不離身的護衛。「是近侍隊的北爪半四郎。聽說在江戶修煉過小野派單刀，藩內沒有出其右者。開要職會議，堀必定硬把他也帶到席間。」

「哎呀，那可難辦了。」

「而且，堀本人年輕時在鎮上的平田武館也是響噹噹的人物，再加上那麼大塊頭兒。雖說是奉旨討賊，轉眼之間解決不了問題，開會的大堂可就成戰場啦。」

「……」

「殺手至少要選一個能夠跟北爪不相上下的人，這是首先要解決的問題。」

杉山把雙手捣在臉上，用指尖揉疲憊的眼睛。終於有了頭緒，把堀將監的橫暴從藩政剔除，在最後關頭等著的卻是意外的難題。

杉山從臉上放下手，用精疲力盡的聲音說：

「沒有適當的人選嗎？」

「唔……」寺內抱著粗胳膊，歪著頭，那樣子好像一下子想不起來，又扭頭盯著天棚。

著急的沉默持續一陣子，始終不插言的大塚七十郎怯生生說：

「我想，這個任務交給井口清兵衛如何？」

杉山和寺內同時看七十郎。杉山說：

「沒聽過這個名字呀，什麼人？」

「我記得是財務部門的，世祿只有五十石……」大塚說，淺黑的臉上露出苦笑。「對啦對啦，外號叫黃昏清兵衛，好些人知道他。」

「黃昏？那是為什麼？」

「大概是到傍晚精神就來了的意思吧。」

「明白嘍，」杉山拍了一下膝頭，皺起眉頭，「他是個酒鬼吧？」

「不不，不是的，我沒說清楚，對不起。」大塚不好意思了。「因為井口淨幹家裡的事。我並沒看見過，據說他一到家就忙得團團轉，做飯打掃洗衣服。」

「他沒成家嗎？」

「聽說有老婆，但長年臥病。」

「呵呵。」杉山和寺內互相看了看。「令人佩服。照顧病妻，相處和睦，不錯嘛。」

「可是，或許是疲勞所致，白天在藩城上班，他有時候拿著算盤打瞌睡，所以同僚背地裡叫他黃昏清兵衛。」

杉山好像誇了人卻不討好，現出不高興的樣子。

「那個清兵衛有武功嗎？」

「聽諏訪說，他是無形派高手。」

大塚說的諏訪原來是財務總管的下屬，被堀將監左遷到關卡。

「也許您不知道，鮫鞘坊有一個姓松村的無形派武館，現在和過去都是個不起眼的小武館，聽說井口在那裡學武，年輕時功夫就超過師傅，名氣不小。」

「你說年輕時，那他已經不年輕了嗎？」

「已經奔四十了吧。」

「你的話靠不住啊。」

杉山側首問寺內怎麼看。寺內也轉過頭去，用此外也想不出其他人的沉思表情說：

「叫他來一趟如何？」

三

下班的鼓聲響了，井口清兵衛立刻收拾手邊的文書，比誰都快地出了辦公房。在門口嘟噥了回家的客套話，沒人搭理，也沒人特別看他一眼。清兵衛回家快，大家早就習慣了。

出了藩城，清兵衛的腳步並不急，但以一定的速度向宿舍所在的狐坊走。途中經過鬧哄哄店舖櫛比的初音坊，他一下子鑽進青菜店的檐下，買了蔥。走出來，又走了幾步，這回又買了豆腐。不那麼遲疑就買完，看來這類東西他平常買慣了。

就買了這些，此後他略微低著頭，用一成不變的步履走向居住的狐坊。清兵衛有一張跟馬一樣長的臉，上面長出鬍渣。剔光的額髮也長出一些。衣服髒兮兮，手裡拎著帶土的蔥。跟他擦肩而過的人都不禁詫異地看著他，而他臉上毫無變化，往自己家走。

「我回來啦。」

清兵衛向裡面招呼了一聲，徑直去下廚。蔥先放在土地面上，小桶汲了水，把豆腐沉在裡面。然後回到餐廳，拉開紙隔扇，相鄰的房間當作了臥室。妻臥病不起，看著她蒼白的臉，說：

「沒變化嗎？」

「沒有。只是好像來了兩個賣東西的。」

「唔。」

清兵衛摘下刀，俐落地換衣服。梅雨連陰，天一直有點涼，他卻換上薄和服，用帶子把衣袖束起來。

掀起被子，把躺著的妻慢慢抱起來，再扶著她站立，幫著腳步不穩的妻去廁所。做完這件事，讓妻躺下，接著去廚房。

燒飯，煮湯，這空檔他用手巾蒙了頭，打掃早上沒能打掃的家裡，三兩下就完事，又把各處的木板套窗關上。這副模樣被同一宿舍的人看見，給起了黃昏什麼的帶有輕蔑的諢號，這事清兵衛也知道，但妻病倒數年，家裡沒人幫忙，無可奈何。

把做好的飯端到餐廳，一邊讓妻吃，自己也一邊吃飯。

「今晚的豆腐湯味道很好。」

「做飯好像也漸漸上手了，真對不起你。」

「唔。」

「……」

收拾了碗筷，清兵衛出門，從同僚小寺辰平的妻那裡領來副業的材料──編蟲籠。

他把東西搬到餐廳與臥室相鄰的地方，一邊跟妻說話一邊做。說是說話，基本上是妻一個人說，清兵衛只偶爾答應。妻躺著聽外面的動靜也比整天在藩城裡上班的清兵衛更了解街頭巷尾。

妻說累了，要睡覺，清兵衛再次服侍她上廁所，讓她睡下，關上間隔的拉門，這才真正埋頭做副業。

夏天，或者起碼一入秋……

清兵衛想，應該帶奈美去山裡的溫泉療養。

妻的名子叫奈美。五歲時失去雙親成了孤兒，因為沾了點遠親，就來到清兵衛家。比他小五歲。清兵衛的父母沒有其他孩子，就把二人當兄妹撫養，到了婚齡，奈美本該從井口家出嫁，但由於清兵衛的父母很早就病故，事情不同了。按照遺言，二人結成夫妻。

幾年前妻得了癆病。不咳嗽，也沒有吐血，但在清兵衛眼裡她是一天比一天消瘦。飯量很小。

庸醫！

果然是癆病吧。清兵衛對開藥的鎮醫久米六庵的診斷有懷疑，覺得他說的話裡最可信的是換換地方，吃點好的，病就好一半。

他心裡有數。俸祿五十石的普通藩士，去山裡的溫泉療養是不可想像的，但是有一個出入藩城，經常來財務部門的山貨商不知聽誰說了，對清兵衛深表同情，特意到座位旁跟他說：鶴木溫泉有兩家旅店我常住，只要你言語一聲，我就跟那裡說說。

有了山貨商的關照，清兵衛惦記著要帶奈美去山麓的溫泉。六庵還說了，奈美身心都過於依賴丈夫，這麼下去真會變成站不起來的病人。要早點去空氣好吃食好的鶴木溫泉，但眼下費用還有點不夠。

清兵衛抬起頭。院門輕輕地響了。皺著眉頭站起身，下到土地面的門口。打開門，站著一個用頭巾包住臉的人。

「我是郡鄉總管大塚。」他說著自己就進來了，反手關上門。「這麼晚了，抱歉……」

大塚七十郎取下頭巾，伸長脖子不客氣地看看餐廳，然後把臉又轉向清兵衛，說：

「現在就跟我去小海坊，杉山大人要見你。」

「現在嗎？」清兵衛像是很為難，看著大塚。「有什麼急事？」

「當然是急事。家老一定要見你，有話說。」

「……」

「在你忙副業的時候來找，真不好意思，跟我走吧。」大塚哄著說。

清兵衛返回起居室，抓起刀，插到腰間時若無其事地檢查了一下刀柄上固定刀身的銷釘。然後又拉開紙隔扇查看；妻還沒有睡，不安地看著清兵衛。

「小海坊的家老大人叫我，我去一趟。」

「好。」

「馬上就回來，你睡吧。」

紙隔扇就那麼開著，只吹滅了燈，清兵衛跟大塚出門而去。

四

讓清兵衛發誓一切不外洩之後，杉山賴母說出奉旨討賊之事。

「你的無形派刀法，在座的大塚聽關卡的諏訪三七郎說過，就交給你了。」

「誠惶誠恐……」井口清兵衛抬起一直俯伏的臉。「不能把這個任務交給其他人嗎？」

「為什麼？」杉山陰沉了臉，怒視清兵衛。「你要拒絕嗎？」

「如果可以的話……」

「混帳！就因為再沒有其他人選，才把你叫來。聽了之後膽怯了嗎？」

「不是，」清兵衛搖頭，「可那個會是晚上開……」

「那怎麼了？」杉山說。「是有這個慣例，緊急的要職會議在家臣們放工出城之後的晚上六點開始。日子已經決定了，不能變。」

「晚上嘛，我有好些非做不可的事……」

「給老婆弄飯之類的事情吧？」杉山說，笑了一下。「聽說你叫什麼黃昏清兵衛，又做飯又打掃……」

「此外好像還要伺候老婆上廁所，天熱燒水幫她擦身子。」大塚七十郎隨後又加了像是從周遭聽來的話。

「呵，那可不得了。」杉山收住笑，關切地注視清兵衛。「你老婆憋著尿等你回家嗎？」

「是的。」

「那不好，對身體非常糟。」家老嘴裡嘀咕，終於把話又轉回正題。「可是，交給你的是藩裡的大事，不能跟照顧老婆撒尿擺在一起，當天託付給誰吧。」

「家老大人，務請諒解。」清兵衛把頭叩在榻榻米上。「這種事不好託別人。」

「你說什麼？跟老婆也好好說一下，託街坊鄰居的女人不就得了嗎？」杉山盛氣凌人，然後把聲調放柔和。「清兵衛，這件事要是辦好了，給你加俸。」

「……」

「對現在的職務不滿意的話，也可以給你換一個喜歡的地方。」只見清兵衛還是悶聲不響，愁眉苦臉，杉山賴母又哄他似的說：「清兵衛，你說說看，有什麼願望都可以滿足你。」

「也沒有……」

「不會沒有吧，聽說你老婆是癆病，眼下不希望把老婆的病治好嗎？」清兵衛這才抬起眼睛凝視家老的臉。杉山衝他點頭。「醫生是誰？」

「鎮上叫久米六庵的醫生。」

「對他的評價怎麼樣？」家老歪身低聲問坐在旁邊的大塚七十郎。

「庸醫。」

大塚低聲回答，家老乾咳了一聲，重新轉向清兵衛。

「叫久米的是庸醫，靠他救不了你老婆的命。」

「……」

「讓給我家看病的辻道玄看一下。他可是名醫。癆病什麼的，手到病除。」

這話似乎抓住了清兵衛的心。可是，當天晚上怎麼辦呢？憂慮這一點，清兵衛衝著天棚把大嘴張張合合。

「家老大人，這麼辦如何？」大塚七十郎出手解圍。「那天井口先回家一趟。要員來齊，會議開始，差不多也要七點了，在此之前他處理完家裡的事趕緊返回城來，如何？」

「要是這樣……」清兵衛好像鬆了一口氣。

家老杉山賴母總覺得有點不放心，但也勉強同意了。

「好吧，但不要來晚。你井口趕不到，計畫就泡湯了。」

五

果然不出杉山賴母所料。估計會騎牆的舊執政早坂瀨兵衛、關五郎左衛門、總領東野內記不作聲，堀派略佔優勢，會議僵持不下。

堀將監和能登屋的勾結好像暴露無遺了，但並未讓多數人倒向反堀派。好像也有人真是頭一次聽說能登屋收購土地、堀將監花天酒地等，杉山母賴發言的時候從席間厲聲呵斥，但是當堀將監用天生的粗啞嗓音逐一反駁，那聲音也就闃然了。

「指責用能登屋不好的人，在災荒之後拿出了別的辦法解救藩財政嗎？根本就沒有。忘了可太不應該，是能登屋的財力挽救了藩。」

堀將監毫不客氣，說了難以開口的事。也有人聽得直皺眉頭，但他說的是事實。

「能登屋是商人，無利不起早。讓他收購荒地需要果斷，什麼荒地由村共同耕作，本來就是硬推行藩府的原則，村裡都煩死了。處理荒地，能登屋高興，村也高興，藩也順便向能登屋市恩，所以不是壞辦法。」

「可是……」寺內權兵衛反駁。「藩內有很多商人，只能登屋一人因藩府庇護而肥大，這怎麼辯解也不能服人。」

「沒什麼可擔心的。」堀將監的臉上露出冷笑。「養肥了能登屋，藩府可以從他身上抽錢。權兵衛，莫非哪個商人向你訴苦了？」

現在該拿出那件事了，杉山賴母暗想。爭論政策，到頭來各執己見，但若是抖出堀將監到江戶逼和泉藩主私下答應退位，回到藩裡悄悄準備擁立與五郎，那些裝模作樣地置身事外的舊執政恐怕也不能不動搖。傳聞堀將監專橫，到底什麼樣，明擺在他們眼前。此刻正是發起這個攻擊的時機。

可是，井口清兵衛還沒來。果然像擔心的那樣，杉山心裡直來氣。時間已經過了晚上八點，是應該回來的時候了，還不見人影，可能照顧病妻畢竟費工夫。

給老婆收拾屎尿，混帳！

杉山的腦袋一下子發熱。當下是揭露堀將監對藩主家頤指氣使、清算他長年專橫的最後機會，但攻擊的最後關頭需要井口清兵衛。

略加揭穿，狡猾的堀將監就會逃掉。逃了就會反過來給自己這一伙人治罪。若沒有井口準備好奉旨討逆，這話是不能輕易說出口的。

這小子！

你以為整個藩的危機比起老婆的病哪個更重要？杉山在心裡朝井口清兵衛的馬面唾罵。那個清兵衛，或許會歪著頭做不出判斷，杉山不由得更加焦躁。

「算不上花天酒地，只是叫女人陪陪酒……」堀將監跟一個姓細井的很早以前當過中老的本派老人問答，當然就像唱雙簧。他打諢逗樂：「不過，那些陪酒的有點太美了。」

席間發出迎合的吃吃笑聲，不消說，發笑的是堀派的人。要職會議的氣氛鬆懈了。及時看出了這個形勢，堀將監扯開沙啞的嗓音：

「這樣，對我和最近藩政作法的懷疑大體上消除了。也可能是本人執政無方，所以要充分注意，不過，站在政治前台上發號施令，蒙受莫須有的懷疑是不可避免的，經常會一片好心被當作驢肝肺。這種事，我想今晚在座的諸公都十分清楚，希望今後也手下留情。」

堀將監不失時機，把要職會議變成了強化本派的宣傳場地。洋洋得意地大講了一通，眼睛惡狠狠轉向召集要職會議的杉山、成瀨兩位家老。那是一雙冷酷的眼睛。

「好像很晚了，怎麼樣？上年紀的人也很多，會議就到此為止吧？」

「等一等，還有一點懷疑。」杉山說。和成瀨忠左衛門、寺內權兵衛迅速交換了一下眼色。

井口清兵衛還不見人影，但是就這麼散會，反堀派就敗了。很明顯，此後堀將監必然在人事上報復，把杉山等人從執政職位上肅清。

彈劾堀將監的時候……

清兵衛不會趕不到，杉山賴母這樣孤注一擲。萬一他趕不來，恐怕就全盤皆輸。

杉山挺直腰，感到全身汗津津。雖然是溽暑的夜晚，汗水卻冰涼。

「四日那天堀大人出藩去了江戶藩邸，說是探望藩主的病情，但事實卻並非如此。」

杉山氣勢洶洶地彈劾堀將監。堀將監坐在正對面，和旁邊的吉村喜左衛門匆匆嘀咕什麼事，然後將兇狠的目光死死盯過來，杉山感到了，頂回那視線。

堀將監逼迫病弱的和泉藩主讓位，聽了杉山所言，不僅還不知道這個事實的反堀派和中立的舊執政，意外的是被算作堀派的人好像也很震驚，大概此等秘事堀將監並未詳盡告知他們。大堂裡一片嘁嘁喳喳。

局面不錯，杉山賴母暗想。他提高聲音，壓過低語。

「將監大人專橫跋扈的行為多得很，這種說法今晚在座的各位都有所耳聞，當然他本人也包括在內。」杉山嚴厲地看了看堀將監。「專橫也表現在剛才議論的近來的農政，以及重用能登屋之上，堀大人一番花言巧語就逃掉了，但這件事他搪塞不過去。諸位，這就是堀大人的專橫。」

「看來為了陷害我，有人捏造了奇妙的謊言。」堀將監聳起肩頭，掃視了一圈，然後把目光回到杉山身上，突然怒吼：「賴母，既然是這樣，你有證據吧，拿出證據來！」

「證據……」杉山說，就在這時，他看見大堂邊角的門打開，井口清兵衛終於出現了。

看見清兵衛，守在門邊的堀將監的護衛北爪半四郎颼地站起來，靠了上去，但清兵衛輕輕舉起雙手制止。作派很有點威嚴。清兵衛疾步來到滿場要職的上座，緊貼著寺內權兵衛背後坐下。這就好了，杉山想。

有人開始不明白怎麼回事，抬眼看清兵衛，但見他躲在寺內寬闊的背影裡，寺內回頭跟他說了三言兩語，也就失去了興味，把眼光又移向上座。堀將監正在那裡怒吼。

「半澤作兵衛是這個杉山的左膀右臂，這是藩內無人不曉的。他的信怎麼樣？那種東西不能算證據，根本就是毫無用處的鼻屎。」

「那麼，我想問問堀將監大人，這裡還有直接從駐留江戶的藩主領受的手書。」杉山賴母從懷中掏出包在專門寫詔命的白紙中的信。滿座看見它，寂然失聲。「內容是證實作兵衛寫來了信……」

「……」

「在此宣讀可以嗎，堀大人？」

「圈套！」堀將監大叫，臉色蒼白了。「看來這裡有陰謀，設圈套陷害我！」

堀將監環視了一下場內，堀派多數人低下頭，其餘的人用同樣冷峻的眼光注視著堀將監。

「堀將監大人，安靜點！」一直沉默不語的要職當中，資格最老的舊執政早坂瀨兵衛這才開口說話了。這位平時一貫騎牆的老人用嚴厲的眼光瞪著堀將監。「杉山家老說的如果是事實，那事情可就太嚴重了。現在就開始查證。天還不算晚，絲毫不必考慮上年紀的人。我想仔細聽一聽事情的真相。」

「您這番話，前家老……」堀將監像是用木頭堵住了鼻子，「也許有閒工夫的老人覺得有意思，但這個會議，我大為不滿。對不起，我這就回家，不過……」他把兇狠的視線投向杉山賴母。「早晚要收拾的！」

「堀大人！」堀將監要站起來，杉山堅決制止。「會還沒有完，請不要中途退場。」

「少囉唆！」堀將監咆哮。站起來要走向房間入口，這時，杉山使了個眼色，清兵衛就像一陣風，從人們背後跑過去，逼到堀將監後背。

清兵衛向堀將監打了一聲招呼。堀回頭，要拔出小刀，清兵衛拔刀就砍。刀法似乎很輕快，但一刀堀就倒下了。

人們轟然站起來，門邊的北爪半四郎按著刀柄衝過來。

「靜一靜，回到座位上！」同樣站起來的杉山賴母叫喊。他把和泉藩主的信舉到頭上，像大旗一樣嘩啦嘩啦揮動。「奉旨討逆！現在讀給大家聽。藩主說，若不聽從，殺亦無妨。其他人不許拔刀，拔就視為私鬥！」

六

來到郊外，天空的藍一下子佈滿視野。沒有風，掛在南天的太陽把舒適的暖意投到皮膚上。

井口清兵衛手裡拎著兩個包裹。一個包著梨柿等昨天買好的應季水果，另一個包著上次休班時帶回來的洗換衣物和辻道玄給的藥。

妻到離藩城七、八里遠的鶴木溫泉旅館療養已經有四個月。由於家老杉山賴母的關照，姓辻的醫生的藥似乎也有效，妻的病多少好了些。一個來月前探望時能夠在房間裡站起來行走了。

有人幫他介紹了易地療養的旅館，拿了醫生的藥，妻的日常生活不用旅館管，由經常出入家老宅邸的當地農民的老婆照顧，清兵衛認為是事先說好的，所以不介意。

堀將監被誅殺後，藩裡發生了政變，堀派統統被撤下要職。杉山賴母晉升為首席家老，寺內權兵衛當上中老。以前被降職的人逐個調回來，就任要職，郡鄉總管大塚七十郎也榮遷。不可思議的是，能登屋萬藏好像沒受到任何追究，和藩府的關係照舊，這且不說，在堀派沒落之際還另外得到了一些財富與名譽。

杉山賴母在政變的忙碌中也不忘把辻道玄打發來，並且說，此外還有什麼願望，趁這個機會說，但清兵衛固辭，只接受對妻療養的關照。其實，除此之外，他也沒那麼多願望。

清兵衛腳步輕快地跨過郊外的橋，再往前，道路兩旁只有幾戶農家，穿過去就變成一條田間小路。收割完的田地延展，遠處就是他要去的山，沐浴著陽光。

然而，小路沒走多遠，清兵衛停住。默默佇立了一會兒，終於放下包裹，解開刀鞘的帶子。

路旁有一座小廟，一株一把抓的樹遮蓋在上面。有一個人從廟堂後面走到了路上——北爪半四郎。他擋住了再不見人影的路，清兵衛默默注視。想起杉山家老警告過：聽說北爪伺機對你下手，多加小心。

半四郎一點點靠過來。相距三丈時，他拔出刀，清兵衛悠然岔開腿，佇立不動。半四郎滑步奔上來。一聲不響，二人只交鋒了一個回合。只一刀北爪半四郎就向前倒地。

應該要報告吧。

清兵衛拾起行李，折回河邊。在那裡沖洗刀身上的血跡時，他突然另有想法：報告的話，就會被留在那裡，接受詢問，休假就泡湯了。

仔細擦了刀，收入鞘，拎起行李走向從這裡能望見的下游的水門小房。在水門小房執勤的是土木工程隊的年輕人。打算給他一個梨，讓他報告杉山家老，路上死了一個人。一知道死的是北爪，家老就明白是怎麼回事，會立即處理。

大約三十分鐘後井口清兵衛來到鶴木溫泉村。

一個女人站在村頭的松樹下。不費多大工夫，就知道那定定望著這邊，一動不動，一身縞素的立影是妻奈美。

「妳一個人能走了？」

生瓜與右衛門

うらなり与右衛門

一

生瓜這個諢號，當然是來自三栗與右衛門的相貌。蒼白細長，特別是下巴那裡有一點凹陷，誰都會自然而然地聯想到霜後未熟的絲瓜。

當然他並非一夜之間變成這麼一副尊容，與右衛門的生瓜臉是與生俱來的。小時候他的名字叫與之助，就總是被生瓜生瓜地嘲弄。長大之後，沒人會再當面取笑他，但相遇時對方的表情總像是發窘或忍俊，不大禮貌，可知背地裡還是叫諢號。

這也很自然，一般人從小到大都會變一次模樣，但與右衛門的臉只出現了小生瓜長成大生瓜的變化而已。

父姓內藤，雙親曾經很擔心他這個樣子。內藤家生有三男二女，他是次子，早晚要入贅別人家。雖說男人不必在意容貌，但不言自明，那也有限度。與右衛門的生瓜臉有略微超出了限度之處。

「臉長得是像我。」父親次郎兵衛說。「我是馬臉吧，可我不像他那樣白生生。」

「白是像媽呀。」母親說。「我也是從小怎麼曬也曬不黑。可是，那窪凹臉……」

「會妨礙入贅吧？」

「反正算不上好條件。」母親嘆息。「到底像誰呢？」

「或許我們不知道，但先祖裡有那樣的臉也說不定。」

與右衛門到了入贅的年齡時，父母經常在深夜裡悄悄談他的事。內藤家在土木工程隊當差，俸祿六十石，沒有閒糧把他長年養在家裡，所以像這樣的交談自然是認真的。

然而，出乎意料的是與右衛門的婚事極為順利。

三栗多加是三栗家的獨生女，卻沒有獨生女常有的任性和嬌氣，有一點好強，很聰明。到三栗家給與右衛門說媒的人說，父母和女兒多加都誠心誠意，所以也沒有隱瞞與右衛門長得像生瓜的相貌。當然，把他在藩校的學業啦，是鎮上金助坊那裡的無外派武館的高徒啦，大大吹噓了一番，倘若不說關鍵的長相，怕以後會被責怪是媒婆嘴，況且也覺得要是說了這一點而談不妥，那就無可奈何了。

但三栗家的人對與右衛門的生瓜臉不大在意，一個勁兒問他的人品和無外派刀法，刨根問底。可能三栗家食祿一百石，代代任職管記，因此聽說新來提親的對方是無外派高手，反而覺得很新奇。

「那種相貌的人大概不粗暴。」多加的父親說。

過了數日，多加用頭巾包嚴了臉，帶著女僕去金助坊從外面窺視武館。可見，她是一個果斷的女人。這樁婚事輕而易舉地談成了。

三栗家的父母和多加不計較外表，看上了與右衛門最好最突出的地方，那就是這位乘龍快婿性情溫和，無外派刀法出類拔萃，但世間似乎不這麼看，認為是意想不到的人抓住了意想不到的幸運。

大概是因為人都不願看別人的美，只喜歡看醜。與右衛門那時叫與之助，與右衛門是入贅以後繼承戶主時改的名。那些想入贅的夥伴被他搶了先，露骨地說，「生瓜與之助佔了一個大便宜」。入贅的人家是世祿百石，女方即使算不上美人，容貌也說得過去，天真爛漫，這可真叫人嫉妒。

他們都氣得叫嚷那個生瓜究竟哪裡好，沒有一個人把與右衛門的無外派本事跟婚事聯想在一起。

當時的情況大致如此。十年後的今天，與右衛門繼承了戶主，認真出勤，大家見了，除了對那張生瓜臉還多少有一點興趣，幾乎沒有想起以往的無外派。三栗與右衛門不過是一個因相貌而多少被人輕視的、極其不顯眼的、擔當管記的普通藩士。

與右衛門突然有了艷聞，是季節進入了梅雨的時候。風傳有人看見他和原先的上司遺孀私通。

「呵呵，那個生瓜嗎？」

聽說了傳言的人都像是聽到了有點滑稽的事，吃吃發笑。不過，並不只當它是笑話了事。

二

流言在藩府裡傳了兩天，傳到了與右衛門家。那天他從藩府回來，覺得妻接他的臉色不好看，心裡便明白了。

果然，多加幫與右衛門換完衣服，就說請在這兒坐一下。她平常不是那種招婿入贅而趾高氣揚的女人，但是說這句話的聲音在與右衛門聽來有一點傲慢。兩年前父親病故以後，多加心底似乎隱隱有一種緊張情緒，現在也流露在聲音裡。

與右衛門老老實實坐在妻面前。

「樋口家的阿米來過了。」多加說了一個女親戚的名子。「聽說如今您有個可笑的謠傳呀。」

多加說，重新凝視丈夫的臉，因為像她也對樋口米說的那樣，覺得這張臉與謠傳的內容相差太遠了。

實際上多加聽樋口米講了那些話，說怎麼可能呢，就笑出聲來，被申斥了一句不正經。想起當時的情形，她不禁抿嘴笑了笑。

「出了豔聞，真少有啊。」

「……」

「我對阿米說，大概搞錯了吧。我相信您不是幹那種事的人。」

「……」

「可您也是男人……」這麼說了，多加驀地不安起來。她想到了眼前板著臉一聲不吭地坐著的丈夫，是讓自己生了兩個孩子的優秀男人，便鄭重起來，說：「不管怎麼樣，要聽您說說真相。和土屋夫人到底是怎麼回事呢？」

「謠傳的事情一點都沒有。」與右衛門說。「不過，也不是空穴來風，有讓人那樣誤解的緣由。」

「啊？」多加瞪大了眼睛。「您講講，有什麼事？」

「別著急，現在說。」與右衛門說，卻無論如何也想不出那件事究竟被誰怎麼給外洩的。

主管文書部門的土屋采女病故是兩年前，因是在勤務中猝死，藩府讓十歲的新太郎繼承俸祿，後來也優待遺屬。

那天，與右衛門從藩府下工回家，順路去油坊的土屋家，也是受新上司服部三左衛門委派送東西。那東西是藩主賜下的江戶糕點。

當年春天，藩主去江戶覲見之前發現要攜帶的文書不齊備。起因是當值家老搞錯了，文書部門並沒有責任，但由於這一偶發事件，藩府所有的管記奉命徹夜加班，重寫了文書。

藩主沒忘了這件事，從江戶給文書部門送來糕點犒勞。為人謹嚴的服部認為這樣的榮耀很少有，把糕點也分給屬於文書部門的土屋家一份。

就這麼點事情。可是，雖然只是一塊糕點，卻是藩主恩賜的，所以不能在門口一遞了事，土屋家的寡婦以久邀請，與右衛門就進屋喝了一碗清茶。

但這不是可以久坐的人家，喝了茶就趕快發話告辭，站起身。事情在二人走到門口時發生了。以久在台階上屈膝送行，突然彎下腰呻吟。

「就是那種事，你也常犯的，突然絞痛。」

「啊，真的嗎？」多加用懷疑的眼神看著與右衛門。

「你覺得我在說謊嗎？」

「不是，只是覺得絞痛發生得太是時候了。」

多加的表情並不是信服，但衡量一下話的真實性和丈夫的生瓜臉，覺得還是話站得住腳，催他往下說。

「那你怎麼辦？」

與右衛門吃了一驚，衝後屋喊，但沒有人出來。後來才知道，後屋裡只有臥病的婆婆，偏巧老僕和女傭都上街購物去了，兒子新太郎去小柳坊的單刀派武館練武，也不在家。

不得已，已經下到門口土地面的與右衛門又翻身上了台階，轉到疼成一團的以久背後。

「給她那麼弄了嗎？」

多加的樣子很不高興。生了兩個孩子以後，多加也得了胸腹痛的毛病。有時劇痛襲來，疼得出油汗。這種時候，與右衛門在旁邊就幫她按後背，可能是知道穴位在哪，指壓很有效。聽說見效，與右衛門覺得很高興，多加一發生絞痛就趕快轉到她後面，「呀」地一聲運氣治療。

可是，在多加看來，這是夫妻之間的私密行為。不管指壓多麼好，想到丈夫把手按在別的女人身上，心裡就不舒服，明知道那只是按按背。以久年齡比多加大將近十歲，但三十五、六歲還很有美女的名聲，這也令人討厭。

「幫助人，沒辦法。」

「真的就這些嗎？」

「當然。」

「可是，出了這種風言風語，恐怕您也不可能順順當當地了結。」

「遲早上面要責問吧。」與右衛門說。「這種事辯解也沒人聽，或許要受點處分，心裡要有所準備。」

說到這裡，與右衛門疑竇叢生。

「但怎麼想都奇怪……」

「什麼？」

「土屋寡婦的絞痛馬上就好了，我趕緊出了她家，那時候除了她，誰也沒碰見呀。」

「傭人呢？不會回來了吧？」

「沒有，沒回來。到底從哪裡洩露的呢？太奇怪了。」

「要是此外誰也沒碰見，洩露之處不就一清二楚嗎？」

「……？」

「以久夫人呀。」

「難道……」與右衛門說。「自己會害臊的事，不應該往外洩露嘛。」

「不知道怎麼就說出去了吧，問問她本人不好嗎？」

三

然而，三栗與右衛門沒來得及向土屋家遺孀弄清這件事。翌日出勤不久，上司服部三左衛門也一同被叫到值月班的家老奧村長十郎的勤務室，詢問了情況。以為這就算完了，卻又收到指令下工後去一趟大監察官的宅邸。

大監察小出權兵衛問得極嚴厲，與右衛門照實陳述了情況，他卻不相信。那樣子像是握有與右衛門不知道的密告內容，最後到了晚上八點總算放了與右衛門，叫他去上司服部三左衛門家聽候發落。當晚在服部宅邸，服部三左衛門和監察人員在場，與右衛門被小出權兵衛處以晝伏二十天。

騎衛隊的中川助藏來探望是第二天夜裡。晝伏是禁閉處分的一種，比較輕，親朋來家探望也無妨，夜裡外出也默認，但是不能引人注意，比如要用頭巾遮住臉。

助藏來，與右衛門招呼多加上茶，便關在後面的客間裡。

「聽說是二十天晝伏。」助藏說。他才二十五歲，英姿颯爽，是小柳坊單刀派武館的高徒，跟與右衛門早就是切磋武功的朋友。

「真倒楣。」與右衛門說。

「是倒楣。」助藏也說。

「那邊的船到岸的日子定了，所以這邊去藤津的日子不能變。」

「請告訴家老大人，趕緊找人代替我。」

「當然，已經在找了。」助藏皺緊了粗眉。「可是，工夫好，嘴又嚴，而且跟平松沒關係，這種人很難找。今晚總領讓我來問問，你心裡有沒有可以當替手的人選。」

「這可……」與右衛門撫摸長下巴時，女傭端來了茶和乾點心，二人都閉上嘴。他們說的是絕密之事。

他們所說的家老，是次席家老長谷川志摩。藩府已接到幕府關於修繕神社寺廟的通告，為這項國家差役籌措費用，志摩煞費苦心。概算為二萬多兩，不能指望已經見底的藩庫出這筆錢，明擺著必須從哪裡再借錢，讓志摩傷腦筋的是跟誰借。

志摩剛當上位居家老之下的中老時，藩裡負債八萬兩。其中七萬兩是向江戶商人借的，特色是利息極高。藩府被外債捆住了手腳，靠節儉令省下的錢，從新田徵收的新租稅，統統拿來付利息，卻還是一個勁兒增加，壓得藩府喘不過氣來。

志摩出身名門，曾長年遠離藩政，身為執政以後盡心竭力於償還藩債，改善藩民生活。他採取各種措施，把藩府和江戶藩邸的花銷削減了一半，斷行節儉，同時把向來不統一的零零碎碎的漆、桑、苧麻收為藩營事業，擴大種植，並打開途徑，把製品水漆、蠟、苧麻積極賣到他藩。養蠶過去只是一部分鄉村的副業，志摩也把它推廣到全藩，復興一種叫立田織的傳統絹布生產。種種新政策終於給藩內帶來了生氣。

努力有了結果，志摩執政第八年的今年，從江戶商人借的錢償還了三萬兩，還剩下四萬兩。正當覺著前頭有了些光明的時候，接到了幕府的正式通知，估計為國家差役不得不拿出二萬兩。

當然非借錢不可。借錢給藩府的江戶商人是美濃屋吉兵衛、白子屋儀左衛門、伊勢屋房之助，三人都是出入江戶藩邸的御用商人，但也是高利貸。當然有人強烈主張這次也應該惠顧長年交往的他們，那就是首席家老平松藤兵衛一派。

長谷川志摩斷行節約令，振興產業，償還債務，給藩內帶來了生氣，但這些作法也可說是改革藩政，不免削弱了執藩政牛耳長達三十年的平松派勢力。

上一輩藤兵衛在政爭中戰勝志摩的父親長谷川木工助，獨掌大權，平松家已當了兩代首輔。平松派勢力的源泉在於和江戶美濃屋等御用商人的關係。舉借高利貸，讓他們大發其財，然後用他們的回報到處行賄，鞏固藩內勢力，兩者就是靠這種手法長久勾結。

志摩從根本上搗毀平松派只顧本派利益的借債政策，支持者不少。資金來源是派閥力量的基礎，平松派束手無策，眼看就要趨於枯竭。

這時候國家差役從天而降。二萬兩不是能輕易借來的數字，平松派認定長谷川志摩最後也只有依賴美濃屋他們，每次開會都施加壓力。

但志摩想從別處借錢。他認為，如果按平松派的主張向江戶商人借，以前的努力就化為泡影。起碼必須找比美濃屋等江戶商人利息低的債主借貸。

志摩絕密交涉借錢的是京都商人安達總右衛門。此人不僅是出入京都藩邸的商人，還是把藩產苧麻販運到奈良白麻布產地的功臣。

總右衛門提出讓他本人或兒子清次郎直接見志摩，商定融資協約和償還時期、方法等。按說二萬兩這麼一大筆錢，他的要求是合乎情理的，但志摩怕平松藤兵衛出手阻撓。

不論總右衛門或清次郎從那邊來，還是這邊派要員代表志摩去京都，都很危險。不難想像，萬一走漏了消息，事關本派勢力衰敗，恐怕平松派就要不擇手段地反擊。最好是完全秘密地進行，直到締結了契約，然後開會時一下子公佈。

雙方秘密接觸的結果，決定安達總右衛門去津輕經商時在藤津下船住一宿，當夜會見志摩，當場就簽約。

日期是五月十七日。當夜長谷川志摩由三栗與右衛門和中川助藏二人護衛，乘小船順馬曳川到藤津，會見安達總右衛門，歸途騎馬返回藩城。事先做準備的是志摩倚為股肱的總領本多權六。

眼看五天後就是五月十七日，與右衛門卻受到晝伏處分。

「唉……」中川助藏用有點尷尬的表情看了看與右衛門。雖然繼承了家業，但他還是獨身，而與右衛門三十二歲，有兩個孩子，向年齡相差七歲的年長者確認眼下風傳的流言真偽，不免有年輕人的羞臊，閃爍其詞。「事實到底怎麼樣呢？」

「飛來的冤枉呀。」

與右衛門又摸又捏長下巴，把對多加說的話重複了一遍。

「嗯，怪事。」助藏聽完了，說：「不能認為是土屋遺孀特意到處講這種事，還是被誰看見了吧。」

「不知道。」

「會不會是平松策劃的？」助藏突然說。「那派的伊黑半十郎好像是土屋的親戚呀。」

「伊黑……」

與右衛門收回下巴，說這倒不知道。伊黑半十郎是地道的平松派，統領近侍，很有點勢力，八面威風。在江戶練過東軍派武功，年輕時在那邊也是個響噹噹的人物。

「可是，土屋遺孀的絞痛不是裝的，助藏。」

「是嗎，我多心了。」

「我去送藩府賜下的糕點也是突然決定的，她不會是為了讓人窺視我，演那麼一齣戲。」

「可不是嗎。」助藏苦笑，喝了一口茶，恢復了一本正經的神情，問：「那怎麼跟總領說呢？」

「後天晚上再來一趟吧，那之前我去金助坊看看。」

四

金助坊的杉村武館有一個叫白井甚吉的弟子，是與右衛門早就在關注的。某日路過金助坊，順便看看後輩練武，一個使刀的年輕人刀法不花俏，給人很深的印象，引起了他的注意，那人就是白井甚吉。白井家隸屬土木工程隊，世祿三十五石，他是家裡最小的。

打發男僕定平去武館悄悄把白井甚吉叫家來，一問，果真如今在杉村武館排名第二。問清了他連長谷川派與平松派的區別也不明白之後，與右衛門便說出了護衛家老一事。

「讓你來頂替我。」

「……」

「完成得好，稟告家老大人，會考慮給點什麼獎賞吧。」

「……」

「怎麼，沒興趣嗎？」

「……」

「不想幹就說不想幹。我認為你行，但不強求。不過，不要洩露出去，對家裡人也不能說。要是洩露了，可饒不了你。」

「不，我幹。」似乎懾於與右衛門那生瓜臉上剎那間露出的殺氣，白井甚吉說。「很榮幸，只是……」

「只是什麼？」

「我沒動過真刀，會不會真出這種事？」

「這個嘛，我想是不要緊，但並非沒這個擔心，所以才要帶護衛，你要做好準備。」

「是。」

「沒拔過刀嗎？我們年輕的時候試膽量，會到野外殺野狗什麼的，近來不這麼幹嗎？」

與右衛門總覺得他有點靠不住，但是像白井甚吉這樣身懷武功的人再找不到了。

約定第二天晚上引見中川助藏，把白井甚吉送到後門口。晝伏比足不出戶的處分輕，無須把院門釘上竹竿，但規定終日閉門，所以來人從後邊出入。

白井甚吉告辭，與右衛門突然想起來，說：

「到十七日之前要注意四周，倘若被人知道來過這裡，你也可能被平松盯上喲。」

不過，雖然對白井甚吉這麼說，與右衛門卻並非多麼正經地警告。長谷川志摩家老要做的事，護衛家老的事，是秘密中的秘密，知道的人極其有限。他確信不可能外洩，但是把白井甚吉拉進來，似乎產生了一點不安，使他格外小心了。

然而，這時掠過與右衛門心頭的不安到了十七日夜裡果真就一下子爆發了。

這天晚上，剛吃過晚飯，三栗家後門來了客人。出乎意料，是土屋以久。外面好像在下雨，以久把頭巾蓋到了眉毛，手拿淋濕的傘站著。後面跟著年輕的僕人。

「請進。」

看見以久取下頭巾的臉，多加大吃一驚。一下子鬧不清她登門的意圖。

「我不知道三栗大人受了這樣的處分……」進了客間，和與右衛門相對，以久說。「今天才從別處聽說，坐立不安，特來拜訪。為了我，飛來這麼大麻煩……」

端來茶點的多加要出去，也被她叫住。「我要說的事，請多加夫人也聽聽可以嗎？請在這兒坐一下。」

這麼說的以久顯出了俸祿三百石的原上司之妻的派頭。多加坐在下首的與右衛門身後。

「想來您已經聽三栗大人講了真相，但既然有風言風語，還是由我親口告訴多加夫人的好。」

以久說了開場白，用淡漠的口吻講了那天的事情。多加豎起耳朵聽，跟丈夫講的沒有出入。

「我偏巧犯了老毛病，您丈夫不忍置之不理，就照看了一下，僅此而已，多加夫人。您也不要誤會呀。」

「我相信我家與右衛門，沒懷疑過。聽了剛才夫人說的話，更加放心了。」

多加這麼說，以久一直緊繃著的臉頓時柔和了。

「謝謝，受到這樣的處分，想必您也很擔心。這真是飛來橫禍，不過……」以久皺起秀眉。「到底什麼人散佈如此奇怪的謠言呢？」

「是啊。」默默不語的與右衛門第一次出聲。「府上的人都不在，那麼一下子的事情，別人不該會知道。」

「確實。」

「對不起，土屋夫人，我覺得除了你，這種謠言別無出處，非常想弄清楚這一點。」

「我……」以久面露驚愕。「我怎麼會到處說這種亂七八糟的事。」

「當然不會的，」與右衛門說，「但我想，會不會對什麼人洩露了，傳來傳去，就變成了無聊的謠言。」

「……」

「想不出來嗎？對誰說了偏巧那時候絞痛的事。」

「我對誰也沒說呀。」土屋家遺孀說了這麼一句之後，突然露出了失去自信的表情，說等一下，歪頭沉思。終於抬起臉，說：「這麼說的話，我對傭人阿春說過。告訴她，你們不在的時候出了大事。」

「其他就沒有了嗎？」與右衛門說。「要是沒有的話，就只能認為是那個女傭講出去的。」

「其他嗎……」以久深深低下頭苦想，然後恍然大悟似地揚起臉。「伊黑！他來商量做法事，好像那時說了。」

「伊黑半十郎嗎，那是什麼時候的事？」與右衛門問，心頭亂跳。

「您來的第二天，好像。對，對……」以久的臉漸漸蒼白了。「啊，怎麼回事呀，謠言肯定是出自伊黑。」

「再說詳細一點……」

「做法事的事情談完了之後，伊黑提到了三栗大人的名字，問我昨天來幹什麼。那個時候我確實講了絞痛的事。記得伊黑就笑了，說三栗還幫妳按摩嗎，手夠巧的。」

「我問一句……」與右衛門說。「這次謠言的事，您被誰查問過嗎？」

「沒有。」

「對不起。」與右衛門說著，退後施了一禮，站起身。「突然想起了急事，讓我內人奉陪，請多坐一會兒。」

「與右衛門！」以久聲音急促起來，對就要出屋的與右衛門說：「伊黑半十郎雖然是我的親戚，但他過去就是一個不能掉以輕心的人。為了飛黃騰達，作踐親戚也在所不惜，很叫人討厭。這次又這麼敗壞我這個寡婦的名聲，渾身是嘴也說不清。怎麼回事我不知道，但您要小心，別中了伊黑的詭計。」

過了中午下起來的雨到夜裡還沒停，霧一般的雨濡濕了昏暗的街鎮。與右衛門披簑戴笠，腳踏草鞋，穿過暗夜的街巷，直奔松川的船碼頭。

松川從藩城下斜穿過去，河面並不那麼寬，從赤石坊碼頭乘船到馬曳川也就是划一下槳的距離。港口所在的藤津在街鎮西北，有三十里之遙，馬曳川從藤津附近入海，所以從鎮上去那裡，比起走陸路，多是利用舟楫之便。

不知從哪裡……

與右衛門想，今晚的事情洩露給平松派了。一句也不問土屋家遺孀以久，就肆意把與右衛門處以晝伏，應該是知道他今夜要給家老當護衛，便剝奪了他的行動自由。

應該乘船去藤津的長谷川志摩和兩名護衛令人擔憂。為了行事隱密，護衛的人數減少到兩人，現在看來也適得其反。要是被襲擊，豈能防禦得了。

哼，管不了這麼多了……

與右衛門拿定主意，雇船一直追到藤津。時間還早，大概才晚上七點。志摩等應該等到日落才出發，所以，半路追不上，也不會落後半個時辰。

即使夜間外出被原諒，到藤津也未免過分了。藐視法律，下次的處分一定會加重，但不能見死不救助藏和甚吉。況且志摩的生死左右藩政今後的去向。

與右衛門邁開長腿，在昏暗的街上疾奔。

然而，到了赤石坊碼頭，等待與右衛門的是十來名大監察的手下。

「您就是三栗與右衛門吧？」過來搭話的叫岡部，聲音裡隱隱含有輕蔑的意思，到底是臉的緣故吧。「好像穿戴很嚴實，深更半夜去哪裡呀？」

「……」

「可以外出，指的是家周圍，坐船玩可就太不像話了。我這就派人跟著，請回吧。」

「我想打聽一下……」守住船碼頭的是正規的大監察下屬，拔刀與之爭鬥，家就毀了。與右衛門對於追趕志摩等人死了心。「我想問問誰下令把守這裡的？」

「……」

「這地方不該是大監察下令看管，但此外還能有誰給諸位發號施令呢？」

「這種問題，我們職責在身，不便奉告。」

岡部冷冷說，立刻喊兩名捕役的名字，把三栗送回家。

與右衛門擔心長谷川志摩和兩個護衛，徹夜未眠。翌日也不見助藏、甚吉，總領本多也沒有任何聯絡。過了一天還不見動靜，與右衛門更加憂慮。

第三天晚上，正打算去助藏家看看，家裡來了客人。是總領本多權六本人，隨從也不帶就出現了。取下遮臉的頭巾，進了屋裡，在與右衛門前面一屁股坐下來。

「助藏死了。」

「……」與右衛門吞聲。

「今晚守夜，你等等去一趟。守夜，藩府也不能怪罪。」

長谷川志摩一行在藤津的鹽濱坊碼頭上岸，遭到襲擊。敵人有十來人，不用說，是平松派殺手。一開始志摩也拔刀交鋒，後來中川助藏叫白井甚吉保護他逃離，自己衝到前面，挺身給二人殺出一條退路。

多虧助藏的拼殺，甚吉也不屈不撓地反擊，志摩總算逃進了藩府設在藤津的兵營。他馬上派一隊人馬去碼頭援救助藏，但襲擊者已經無影無蹤，只找到身負致命傷的助藏。

「助藏當夜被抬到家，盡力搶救，但今天過午斷氣了。家老大人和白井也受了傷，我倒是沒事。」

「京都方面的情況怎麼樣？」

「順利地走了。這樣，平松派企圖拿新債當槓桿重新主導藩政的謀劃落空了。那幫傢伙的好日子也不長了。」本多權六刮了臉，鬍根青青的一片，簡直像達摩，他臉色漲紅。「他們不顧藩的凋敝，一直為所欲為。」

「白井甚吉怎麼樣了？」

「藏在我家裡。」本多說，突然放低了聲音。「一手指揮這次事件的好像是伊黑半十郎。那傢伙竟然把一個女奸細弄進了家老宅邸，所以藤津之行也走漏給對方。」

「……」

「他現在正忙著抹消事件的痕跡，白井家的小兒子不留神，也有被對方抹掉的危險，我暫時照看他。」

「那就全靠您了。」

「中川助藏幹得好，甚吉也幹得不錯，家老大人讓我把這話告訴你，所以就過來一趟。」

「實在不敢當。」

「我也從這兒去助藏家守夜。年紀輕輕的，真可憐。」

本多權六說著已經站起來，快步轉到後門。用震響狹小房屋各個角落的聲音說，三栗夫人，突然打擾，抱歉，然後下到門口的土地面，又小聲對與右衛門嘀咕：

「最近要開會公佈向安達借款的契約。與此同時，會命令大監察調查此次藤津事件。平松家老也該完蛋啦。」

本多權六剎那間露出了夢見自己坐上新執政位置的表情，凝視空中，隨即把巨大的後背轉向與右衛門，一下子消失在外面的黑暗中。

五

如本多所言，在月末召開的要職會議上，藩主的叔父主膳正茂利坐鎮，長谷川志摩宣布和京都商人安達總右衛門簽訂了借款二萬兩的契約。償還條件很寬鬆，利息低，差不多是以往藩債的一半，完全得到與會者贊同，此事確定無疑之後，志摩向大監察提出一項起訴。

起訴的內容是嚴厲彈劾平松家老等不僅妨害此次借款，而且多年來勾結江戶商人，為私黨謀利。志摩發動決戰，要了結長年與平松派的暗鬥。因為在留守藩府的主膳正茂利眼前進行，出席會議的平松派無計可施，大監察小出權兵衛立即著手確認起訴事實。

小出權兵衛每晚帶著手下出入平松家老等要職的家，在這種騷亂的氣氛中夏天結束，秋意稍濃的時候，得到藩主及主膳正茂利批准，確定罪狀，宣判處罰。

平松藤兵衛世祿減半，免去職務，足不出戶一百天；中老中根帶刀、岩松瀨左衛門同樣，世祿削減三分之一，免去職務，足不出戶五十天；家老古井又三郎被處以晝伏，平松派執政全部被免職。這是大政變。接著又擴大範圍，宣布屬於平松派的人員減少俸祿，降低身份，藩內平松派消聲滅跡了。

三栗與右衛門自始至終密切注意這次政變。關於平松派從江戶商人受賄的事實和金錢的去向，小出權兵衛揭露得無微不至，但藤津襲擊家老事件抓不到決定性證據。那天直接指揮襲擊的伊黑半十郎被免去近侍統領之職，俸祿也被削減，下放到藩內最偏僻的森內郡任職。仍然有職銜，但對於一個從年輕時就沒離開過君側，步步高升的人來說，這個官職或許是屈辱。

可能就因此，傳聞半十郎很少回鎮上，在任地酗酒買醉。他被追究的是作為平松派一員分得賄賂，並經常向藩主謊報借債情況等，而襲擊家老之事不在其中。

也有一種巷議：在那次襲擊中，襲擊一方也有數人負傷，但平松派知道襲擊失敗了，不遺餘力地進行隱蔽工作，消滅了證據。總之，這就是處理平松派的大要。

助藏白死了嗎？

與右衛門想。扣到自己頭上的那個奇怪的污名，助藏懷疑是平松派策劃的，與右衛門本人卻不曾覺察，這個疏忽也讓他追悔莫及。還有那個梅雨之夜，就等於眼睜睜看著助藏被殺。

悔恨在心裡與日俱增，也許是天高氣爽的秋空的緣故。

那場搏鬥是在三十來個藩士眼前進行的。也有人聽說搏鬥，一路跑回來，所以，看見了搏鬥的人或許達到了四、五十人。

不得不搏鬥的事情始末也有很多人目擊。最初，走在前面的三栗右衛門從抱著的包袱裡掉了一冊文件到路上。

從後面過來的伊黑半十郎拾起來。先是喊：喂，三栗，掉東西了。但他看與右衛門沒聽見，繼續往前走，就放開嗓門：

「喂，生瓜，生瓜三栗！」

這次的聲音不僅與右衛門，連那些走在附近的藩士也聽見了。眾人哄笑。因為伊黑半十郎說了平時這麼想但誰也不敢說的話。

在笑聲中與右衛門慢慢折回來，站在半十郎面前。

「生瓜是說我嗎？」

「對，沒別人。」

伊黑半十郎冷冷一笑。沒多少日子，自暴自棄的跡象已佈滿面孔，近侍頭目的模樣不見了。

與右衛門定睛注視這張臉，然後接過文件冊，轉過身。半十郎衝他背後叫喊：

「喂，不道一聲謝嗎？」

與右衛門回頭。

「在人前叫生瓜，不能道謝。」

「什麼，真夠神氣的！」伊黑半十郎聲色俱厲了。「我知道你心裡想的是什麼。我被下放到了窮鄉僻壤，你小子心裡瞧不起我，是不是？」

「……」

與右衛門默默一禮，轉過身。半十郎的刺耳聲音從後面追上來。

「道謝，生瓜與右衛門！不道謝就別回去！」

與這聲音同時，看的人發出驚叫。與右衛門已走出十來步遠，掉頭回顧。伊黑半十郎拔出了刀。半十郎右手握著白刃，一步步縮短距離。與右衛門盯著他，把包袱放在地上，脫下正裝放在上面，這才拔出刀。據說顯得很沉著。

看見與右衛門拔出刀，伊黑半十郎站住，擺出架勢。他身材高大，肚子略微凸起，架勢有威懾感。圍觀的人當中也有人從那姿勢想起半十郎年輕時以東軍派刀法馳名。

與右衛門的體格、容貌相形見絀，也把刀尖指向對方的眉間，雙腳好似牢牢釘在了地上，在人們的眼睛裡留下深刻的印象。也有人第一次看見他手裡握刀，倒吸了一口涼氣。

踏步上前的是與右衛門。與右衛門上前，半十郎後退。落向西天的太陽映照著密佈天空北半部的雲，天空開始染上日沒的色彩，但地上還明亮，從壕畔走上外城郡代小路的地方籠罩著寂靜。

已經沒機會揚聲制止他們，回家路上的四、五十個藩士只是遠遠圍觀，閉嘴注視格鬥。唯有二人腳下滑動，地面作響。優劣已然分明，只見與右衛門那張生瓜似的臉微微泛紅，而半十郎面無血色，大汗淋漓。

突然與右衛門說話了：

「伊黑，可以的話，收起刀吧，我不介意。」

然而，與右衛門話音未落，伊黑半十郎大喊一聲，砍了過來。從上路砍下來的刀疾如迅雷，欺身而進也到位，與右衛門舉刀格開。

與右衛門迅即擺好下一次廝殺的架勢，半十郎卻抱著被搪回來的刀踉踉蹌蹌。好像這也惹怒了他。

半十郎站穩，回身，高高舉起刀。一副惡鬼的凶相衝過來。一個回合，兩個回合，與右衛門的身體靈活閃動，擺脫了纏鬥。一閃，再閃，人們看見與右衛門的刀無聲地閃了兩次。伊黑半十郎的身軀不聲不響地倒下了。

在路上叫與右衛門的綽號，加以羞辱的是半十郎，先拔刀的也是他。有很多人作證，確鑿無疑。對與右衛門的處分又是晝伏二十天。

解除晝伏處分第二天，三栗與右衛門被召到政變後昇任首席家老的長谷川志摩宅邸。新任中老的本多權六也在。

「給中川助藏家增加二十石。」

志摩說，看著權六，於是權六乾咳了一聲，說：

「讓白井甚吉娶助藏的妹妹，入贅當戶主。沒有異議吧？」

「哪會有什麼異議。」與右衛門說。「如此關懷，感激不盡。甚吉不會玷污助藏的名字。」

「甚吉在藤津幹得很好。三栗，你很有眼力。」這麼說了之後，志摩苦笑了一下。「其實，本想風平浪靜之後給你也增加十來石，提個一官半職，但出了伊黑這件事，現在不是時候，再等等吧。」

「對不起，讓您操心了。」

「不過，三栗，你是給助藏報仇吧？」志摩說。「權六這麼說。說一定是三栗挑釁，惹伊黑半十郎動刀。」

「毫無證據。」

「證據？」

志摩和本多權六相視一笑。本多說：

「你們廝殺的時候，大監察手下的人偷看了你掉下的很重要的文件，裡面是莫名其妙的廢紙。」

「……」

「但這個人只悄悄對我說了，沒告訴小出權兵衛。」

「是我故意找他麻煩。」

與右衛門面無表情地說，志摩和本多權六嘻嘻笑了。志摩說：

「真是這麼回事。權六就忘了這種搬弄是非的話吧。」

秋天過去，到了初冬的寒氣勒緊街鎮的季節。大風猛吹的日子，三栗與右衛門往來於藩城與自家，臉就好像紅黑色的大絲瓜，但即使看見這樣一張臉，也沒人再做出忍俊的表情。豈但如此，甚至有年輕人注視那長得出奇的臉，眼裡明顯露出敬畏。誰都還沒忘卻郡代小路上進行的那場可怕的廝殺。

馬屁精甚內

ごますり甚内

一

川波甚內名聲不佳，與武士不相稱。人們說他阿諛奉承，是個馬屁精。而且，這確是事實。他臭名遠揚，絕沒有人會當面指責，但背後給他起了諢名叫馬屁精甚內，本人知道多少不得而知，反正川波甚內從不遮掩拍馬屁，照樣在眾目睽睽之下大拍特拍。

譬如有人說，出勤的路上遇見上司，早上請安是自然的，但這時甚內就露出白牙，令人作嘔。不過是一句應時寒暄，做出諂笑幹什麼。再加上聲音大，據說在城門前的廣場上說話，甚內的聲音能傳到廣場的角落裡。

滿臉浮起多餘的笑，用震耳欲聾的聲音問候，如果上司手裡拎著東西就趕快奪過來，鞠躬似的跟在後面，這個姿態就是拍馬屁的典範。目擊者把臉扭向一邊也並不過分。

每天出勤是這個樣子，上司家裡有喜事，川波甚內必定第一個拿著禮品趕去，發現能幫上忙的事就獻身地忙活。喪事也一樣。傳說他歇班的日子，正好某上司晉升換住處，就去幫搬家，從頭頂兜著腮幫子繫上一條手巾，混在隨從僕人當中扛東西。

「目的是什麼？」

甚內的這種名聲傳揚開來，有人詫異地問。被問的人回答：

「那個嘛，一句話，為了飛黃騰達吧。」

「……」

「就是吧。」

回答的人對露出難以理解的表情的人說，那小子是入贅川波家。

「甚內拍馬屁是繼承了戶主以後開始的。想來是當上戶主，很有點勁頭，要在自己這輩子增加俸祿，哪怕是一石也好。」

「這要是真的，恐怕也白費力氣。」先開口打聽的人冷言冷語。

並不是說武家世界就沒有諂諛奉迎，實際上事關保家或發跡，動用錢物是常識。不會使錢使物的人升遷慢，這和其他世界沒多大區別。

不過，做這種事很少有顯露在表面的，所以受到周圍的非難也不多，基本是利用派系，物或錢的授受首先就不能呲出白牙招對方討厭，應該在努努嘴就在心領神會的地方秘密地、日常地進行。

而且，發跡也好，身份或保家也好，都是有順序的，大部分是先在派系內部酌情安排，然後用公家的名義來實現。從這種實際情況來說，川波甚內諂笑和討好的大嗓門不就是自己了宣布他沒有可依靠的派系，等於瞎放炮嗎？那個人是這麼說的。

當然派系並不是萬能的。例如，以前的家老金森庄兵衛長年窩在總領的職位上，一躍而昇為家老，進入執政之列，當時就說是因為把傳家寶藍孔雀香爐送給了藩主的近臣海銑與四郎。海銑得到了藍孔雀香爐，金森得到了權力，這就是超越動輒對立的派系，互通有無的例子。既然沒聽說過川波家裡有世代相傳的茶具或名刀，剛才那個人斷定白費力氣也八九不離十。

儘管川波甚內拼命拍馬屁，眼下還沒聽說有哪個上司為之感動，伸手助他一臂之力。

也許在此需要介紹一下川波甚內的容貌。譬如現今在藩主身邊的海鉾與四郎，權勢無出其右，當初不過是世祿僅只六十石的管記，竟躍為世祿三百石的近侍總管，登峰造極，他就是長相好，被視為飛黃騰達的榜樣，如今年過四十，仍然是儀表堂堂。

假如飛黃騰達也跟容貌啦體態風度啦有關係的話，川波甚內可就在起點已顯處於不利的地位。他中等個兒，瘦瘦的身體看起來有點弱。但問題還不是軀體，而是那張臉。一言以蔽之，甚內是一個醜男人。額頭突出，眼大嘴也大，而且剛過三十，鬢毛就明顯稀少了。

不知他本人是怎麼想的，反正算不上拍馬屁能受人歡迎的相貌，也許應該說那張臉越想討人好越不被當回事。實際上，藩裡一般都是用冷笑的眼光看他拍馬屁。不過，蔑視歸輕蔑，卻沒有人指指點點侮辱他的人格，是因為下面這件事。

將近年底的十一月，鎮上下了幾場夾雨的雪糝。連日籠罩著鬱悶的冬雲，風是北風，看來下雪的日子也不遠了。這種早上川波甚內也精神抖擻地拍了馬屁。

對方是巡檢之職的諏訪權十郎。身高差不多有六尺，膀大腰圓，當然有力氣，和甚內形成對照的是他為人文靜，舉止得當。那天早上，他手裡拎了一個很大的包袱。

「早上夠冷的。」甚內從後面趕上來，大聲說。「頭兒，我來幫您拿包袱。」

「不用，有點重。」

諏訪用天生的小嗓門說。瞥了甚內一眼，閃出了一點厭煩的神色，也許是在想，來拍馬屁嗎？

「沒事沒事，不用擔心，就算重一點我也不在乎……」

甚內從諏訪手中抓過包袱，不料腰一彎，包袱險些落地。臉登時就紅了，岔開雙腳，好不容易才立直了身體。

「重吧，裡面是火盆。」

諏訪同情地說。他毫不費力地拎在手裡的是青銅火盆，即便是青銅的，也太重了些，把它從倉房裡拿進拿出要兩個僕人抬，還累得腰疼。

家裡人抱怨，所以諏訪打算把它拿到藩城裡的辦公房使用，正從家裡往那兒搬。諏訪伸出手。

「還是我自己拿吧。」

「不用，別擔心。」

甚內把兩手抱著的火盆包袱小心地挪到一隻手上，調整了呼吸，腰上使勁，便像什麼事也沒有地邁開步。臉色恢復了正常。

很多人目擊了當時的情形，過後說不愧是雲弘派。甚內是劍士，在鎮上如月坊掛出雲弘派招牌的堀川武館曾代替師傅授徒。熟內情的人都知道，他被秘傳了該派叫六葉刀的短刀絕技，甚至說是自武館開張以來，包括甚內在內，這一絕技只傳授三人。

人們稱讚甚內，沒有諏坊那般的臂力，但是有短刀武功。三名目擊者後來到諏訪的辦公房實際搬了搬青銅火盆，他們也勉強能一手拎，但誰也走不上十步。甚內那看似虛弱的軀體裡蘊藏著用刀修練出來的驚人體力。

有了這件事，川波甚內稍微擺脫了人們的輕蔑，至於拍馬屁的效果，看起來完全是瞎忙，這種感覺還不能否定。諏訪權十郎讚揚了甚內，但那是讚揚他有出人意外的體力，並不是感謝他幫忙拿火盆。

每天承受這種局面的沉重，正是川波甚內本人。那證據就是下班回居家所在的犬飼坊時，他的臉和在藩城裡的時候大大變了個樣，佈滿了憂鬱。他好像害怕碰見認識的人，略低著頭，匆匆靠路邊走。累得縮肩塌背，鑽進自家的院門。

妻朋江在門口接過刀，恭恭敬敬地跟在夫的後面走向起居間，輕聲問：

「怎麼樣？有什麼好消息嗎？」

「啊，還沒有。」

甚內的聲音很鬱悶。妻幫著換衣服，沉默了一會兒，用明朗了許多的聲音說：

「別洩氣，就會有好消息的。」

川波甚內拍馬屁既不是像別人推測的那樣為了飛黃騰達，也不是當上戶主來了幹勁，二人等待的好消息完全是另外的東西。而且，知道這事的只有他們夫妻和少數上司。

二

糧倉總管的下屬澀谷助右衛門是川波甚內的頂頭上司，他把甚內叫家來，是甚內繼承戶主，進藩府勤務大約半年後，距今已經有兩年。

「出了麻煩事。」

甚內猜不出什麼事，來到澀谷家，好喝酒、人很好的助右衛門對他這麼說。

「我的工作有什麼疏漏？」

說是麻煩事，想來只有這方面。工作主要是租米入庫出庫，雖然見習過，越來越熟悉，但是不明白的地方還很多。甚內緊張地看著上司的臉，澀谷卻擺擺手。

「不是的。是你老丈人，出了不好的事。」

大約三年前，藩府發生了一點政變。反對派揭發家老金森庄兵衛等一部分官員政治腐敗，涉及面很廣，幾個人被停職。

沒死人，最重的懲處是金森庄兵衛閉門思過。首席家老山內藏之助用較輕的處罰解決了事件，但一律削減了有關人員的俸祿。俸祿多的多減，少的少減，一個都不落，也可以說實質上是相當嚴厲的處分。

「你老丈人也在其中呀，上頭命令減祿。」

「現在嗎？」

甚內啞然，看著澀谷的臉。澀谷點點頭。

「說是下面的調查還沒完，漏掉了定罪的新事實，但事實看來確實是判決有疏失。是藩府的失誤。」

「……」

「唉，反正最近要正式宣判。把三年前的事情翻出來，你定會大吃一驚吧，所以上頭讓我事先告訴你一聲。」

「那要減多少？」

「五石。」

「那可夠受的。」甚內說。

他感到冷汗漸漸滲出來。事件處理已過去三年，有的人即將解除處罰，官復原職，這時候被公佈削減俸祿的處分，知道情況的一部分人且不說，那些不知道的人會怎麼想呢。

無須自問。誰聽說了都必定以為甚內幹了什麼丟人現眼的事。女婿減了俸祿的消息立刻會傳遍家族，不光彩之至。

而且，第一個應該解釋此事的人是岳丈彥助，他一年前中風倒下，半身不遂，說話也不明白，時好時壞。倘若對他說了因為三年前的事情被減祿，一激動很可能又倒下。只好默默承受不光彩了。

這就算了，但萬一親戚來探望，說出了減祿的事情，會怎麼樣呢？也許彥助不認為原因在自己，對女婿的丟醜大光其火。要是使他病情惡化，問題可就不是不光彩就能了結的了。

甚內焦躁地說：

「到了這時候還處分，不有點嚴苛嗎？這樣誰都會認為減祿是由於我的過錯。」

「可不是嗎？但處分就是處分，沒法子。」

「恐怕岳父也這麼誤解。」

「把事情告訴彥助嘛。」澀谷說，但立即醒悟，改口說：「對了，大概不能跟病人說這種事。」

「……」

「好，我跟上頭講，妥善處理。」

「幫我說情嗎？」

「不是的，處分是處分，不可能改變，但盡量不聲張，暗中處理就完了。」

「……」

「講清楚你的處境，上頭也會給予適當的考慮吧。」

「多謝，拜託了。」

甚內伏首，但可能是心情繃得太緊的原故，隨即又想到別的事，陰沉了臉色。

藩府有新年朝賀的儀式，如果藩主在藩裡，食祿三百石以上的重臣和有職務者在城中的白書院，三百石以下無職務者和二百石以下有職務者在晴明間，此外二百石以下無職務者、百石以下、五十以下的人按俸祿分批進入大堂，拜領藩主的嘉言慰勉和賞賜，這是慣例。

但最近四年，藩主有病，不能回藩，由世子和泉代理，接受家臣的朝賀。儀式也從簡，比如在大堂，藩士魚貫膝行到和泉面前，取下那裡堆積如山的陶盃，近侍給斟上酒，一飲而盡，把陶盃揣進懷中退下。

不過，傳聞藩主的病難以康復，近日和泉將正式繼位，成為新藩主，所以新年儀式也顯然要恢復舊例。

沒有用，騙得了一時，騙不了長久——

甚內覺得頭重腳輕。川波家是糧倉總管的屬下，俸祿五十五石。以前，新年朝賀是夾在百石以下的隊伍裡領受賞賜，但削減了五石，下次就必須與五十石以下為伍。

那時身份有變就大白於眾人眼前。暗中處分，妥善處理，豈但無濟於事，反而人們對他的一直隱瞞，更會用奇異的眼光來看他。藩裡說三道四恐怕是無法避免的。

「咳，不要太沮喪。」看見甚內的神情，澀谷寬慰說。大概他認為甚內只是喪氣而已。「減祿不是永遠的處分，過四、五年就解除了。我只在這裡說……」

「……」

「也有人一年左右就撤銷了處分，像藩使荒井、出納平松、管記菅沼、杉原他們。菅沼儀助、杉原小彌太有海鉾大人的關照。」

「近侍總管？」

「是啊。」澀谷點點頭。「聽說藩使荒井、出納平松向上頭花了不少錢。山內大人不接受那種錢，所謂上頭，可能是次席的栗田大人吧。」

澀谷助右衛門說出了與山內藏之助頡頏的有權有勢的家老名字。

「荒井、平松俸祿大約二百石，但很有錢。咳，辦法有的是。」

「……」

「不過，你既沒有很硬的關係也沒有錢。」

「是的。」甚內揚起臉，對澀谷的話大感興趣。「恭請指教，像我這樣的人怎麼才能早點解除處分呢？」

「是啊……」澀谷抓著下巴的皮肉，仰望天井，露出要略作沉思的表情，但馬上死了心似的，把眼光收回到甚內身上。「咳，也就是盡量巴結上司吧。從我們的上頭啦，關係比較深的財務總管啦開始，所有藩府有職位的人全都留意，有機會就討好，沒人會覺得反感。」

「……」

「你好像不信呀。」澀谷瞪了甚內一眼。「可你家的事未必在哪裡都不被當回事喲。平時給上頭留下好印象，況且藩府本來也是有疏漏，削減五石，馬上就恢復也說不定。」

由於澀谷盡力維護，減祿處分是極其秘密地宣布的。

通常這種宣布都是有監察人員跟上司一起到場，但川波甚內被叫到糧倉總管的宅邸，那裡只有大監察大熊百彌太，總管在場，宣布了就匆忙離去。

宣布之後，大監察特意加了一句：此次處分記錄在案，但不對外公佈。也可以認為是藩府方面也有紕漏，所以才這麼做，但甚內覺得處置很寬大。假如處分能早點撤銷，被人指幾天脊梁骨就過去了。

第二天川波甚內就開始按澀谷說的，努力給上司留下好印象。從藩府所採取的措施來看，處分只是走走形式也不無可能。這麼一想，發現上司就大聲請安也做得非常有勁。甚內認為一切都是為了家和臥病的老丈人。

然而，儘管甚內和知道真相的妻朋江滿心期待，解除減祿卻一點影子也沒有，兩年歲月過去了。聽到的淨是那些不了解情況的同僚講的壞話，什麼阿諛之徒啦，馬屁精啦。甚內不屈不撓地討好，但有時也襲來徒勞之感，精疲力竭。

因而，櫻花也散落的四月的一個夜晚，來了一個目光炯炯的人，後來知道是騎衛隊的佐野慶次郎，叫甚內跟他去栗田家老的宅邸時，甚內也沒想到家老的事情和減祿處分有關。

「聽說川波近來極力討好上頭的人哪。」

把川波甚內叫進起居間，栗田兵部劈頭就這麼說。他臉上露出冷笑，但甚內敏感地覺得聲音裡並沒有譏諷。

默不作聲地回視家老的面孔。夜裡把一介糧倉差役叫到宅邸是為了什麼呢？甚內的心情撲在這一點上，但家老卻還是說討好的事。

「被人議論紛紛，是作法老實，不高明，證明人很質樸。真正的諂媚之徒是不會弄出風言風語的。」

「是。」

「你的目的是什麼？」

「……」

「恢復被削減的世祿吧？」

甚內覺得渾身一下子發熱。總算遇見了知道自己煞費苦心拍馬屁的本意的人。伏下漲紅的臉，甚內覺得栗田這個人目光犀利，不隨風看人。

「好像說中了。」栗田得意地說，而且還加上一句：這目的令人同情。「有誰幫忙嗎？」

「沒有。」

「我可以出力呀。」家老漫不經心地說。然後把端正的長臉朝著甚內，略微放低了聲音。「條件是也要聽聽我的委託。」

「那自不待言，」甚內趕緊說，「就請下令吧。」

翹盼的機會來了，甚內興奮得幾乎一聲令下就拔刀殺人，但家老的授命並不是驚天動地的事情，有一點奇妙是不假。

三

高泊離藩城三十多里，港口所在，不僅本藩，而且毗連的將軍家領地、鄰藩的船運物產也匯集於此。藩府在這裡設置了兵營和官衙，負責收稅，即所謂官倉費，並維持治安。

港口附近有官倉，那些足以形成一個街坊的倉廩是港口地區的中心。以倉廩人員和聚集此地的商人、船夫為對象的酒樓、花街繁盛，從藩城所在的街鎮過來，商業街熱鬧的高泊彷彿總是充滿了異樣的活力。擦肩而過，人們的動作和說話聲也有一種藩城那邊看不見的獨特氣勢。

川波甚內來到高泊街上估計是傍晚五點來鐘。穿過在兵營當勤的步卒宿舍成排的街巷，跨過一座架在小河上的橋，道路便伸進喧鬧的商業街。走過這條長長的、人聲鼎沸的路，接著就是此行的目標飲食街。這裡叫吉野坊，幾乎由菜館、飯舖和各種茶屋構成。

日沒還有一點工夫，這時候的飲食街籠罩在迎客前的靜謐中。房屋裡像是有人，但外面的路上闃然無聲。開始沉入大海的太陽把光芒勉強停留在家家戶戶的房頂上，暮色早已一點點佔據灑了水的檐下，擺在地上求生意興隆的小鹽堆微微泛白。

甚內從大路拐進小巷，往街坊深處走。那裡有栗田說的叫牡丹亭的酒家。通報了姓名，馬上被領進後面的房間。對方還沒到，酒家好像對一切瞭如指掌，立刻端上來酒菜。

似乎特意等洞泉寺的暮鐘敲完了六點，女人出現了。栗田說有一個將近四十來歲的女人來，但這個女人怎麼看也像是三十五、六。不是武家，是商家的女人。除了眼角有一點皺紋之外，肌膚光潤，眼睛澄澈，整個是美人。

「您是川波大人嗎？」

女人進屋，坐在甚內對面，用微微含笑的眼睛看著甚內，說。

「是的。」

「您辛苦了。那麼，把約定的東西……」

甚內把從鎮裡帶來的包裹推到女人面前。包裹是封著的，栗田說是金子，大概是的。日常勤務有時要處理巨額金錢，據他估摸，那包裹沉甸甸，金幣不下四、五百兩。

女人仔細查驗了封印。然後解開帶來的包袱皮，從中取出紙包，放到甚內前面。那紙包也封得嚴嚴實實。

「那麼，把這個……」女人說。

隻字不提栗田的名字。各自把交換的東西包好，女人驀地換了一副表情，喜笑顏開。

「喝杯酒如何？我奉陪。」

「不，我還要返回鎮上。」

「都特意準備了，不喝就浪費了。」

女人輕輕拍手，一個年輕男子拉開隔扇進屋來。看來不是酒家的人，而是女人的隨從，體軀強壯。

女人使了一個眼色，那男子向甚內一禮，抓起金包裹就出去了。果然相當有臂力。

「請拿起盃。」

年輕男子一出去，女人莞爾一笑，朝甚內舉起酒銚。笑容彷彿充滿了自信。事實上這女人一笑就香色氤氳，風騷妖嬈，令男人心旌搖蕩。無拘無束的肢體簡直像熟透了，盈盈豐滿。

但甚內拿起盃，冷淡地說：

「那就只喝一盃。」

「川波大人不能喝酒嗎？」

甚內剎那間感到對方歪著頭探視的眼睛裡閃過察言觀色的神色。他告誡自己要小心，栗田交待的事情才完成一半。

甚內舉起給斟上酒的盃，毫無表情地說：

「不，喝酒可沒底兒。」

「啊，是嗎？」女人好像很掃興，收回了笑容。

只飲了兩三盃，甚內撇下那女人離開牡丹亭。跟身分不明的人喝酒也不覺得好喝，更沒有興趣一邊喝一邊揣摩對方的真面目。

女人相當有姿色，但妻朋江也是在藩士當中很出名的美人。甚內平日厭膩了美人，遇見幾分風騷也無動於衷。能被半老徐娘引誘的心情早已淡薄，只想趕緊回去完成任務。

並不清楚自己完成的是怎樣的任務，甚內覺得心情有一點彆扭，但還是相信栗田家老的話：不要胡猜亂想，按說的做就行。下一步把女人寄託的密封紙包交給家老就完成任務。任務很奇怪，但這就能恢復被滅掉的五石，真是太輕易了。

通過了最後一個村子，前方隱約出現了亮光。那是街鎮。估計時刻大約已過了夜裡十點，但栗田說過完事就徑直來宅邸。甚內加快疲憊的腳步，穿過藩城下邊一片松林中間的道路。

正當走出林子時，突然黑暗中有人查問。那黑暗中的聲音說：

「是川波甚內吧？」

「是的，問話的是哪位？」

代替回答的是冷不防衝過來的刀。眼前黑暗濃重，刀鋒作響，不只一把。甚內猛然閃身，緊接著又一刀砍過來。

被包圍了。

甚內覺得全身的血液都凝固了。是伏擊。不消說，敵人的目標是懷中的密封紙包。他意識到，總覺得栗田家老所吩咐的任務有一點不解之處，原來危險就在此。

拔刀相對，又退回剛剛走出來的松林。背靠樹幹，直伸刀尖。人影像墨煙一般從三面逼過來。暗夜之中好像也有光，凝光的刀身隱隱可見。襲擊者有五人。

甚內橫移身體，他知道昏暗對移動很有利。敵人怕誤傷同伙，不敢斷然進前，抓住空隙或許就能夠突圍。

甚內又輕輕橫移，靠到另一株松樹。黑暗中的敵人也一齊移動，這就知道了敵人的大致位置。右邊的敵人過於上前，心急氣躁，是危險的敵人。

正面和左手的敵人有一點距離。正面三人跟著略微縮短了間距，左邊的敵人退在後面，看來他是帶頭的。

甚內沈下身子，猛襲右手的敵人。踏進，屈伸上身，把刀從下向上橫劈。有一刀擊中的感覺。兩個正面的敵人馬上揮刀劈砍，但不出甚內所料，踏進不到位。甚內格開，倏然奔向左手。

一團人影忽地出現在眼前，用布蒙著臉都看見了。那敵手迎著甚內敏捷揮刀。黑暗之中無聲對劈，簡直像同時擊中對方，但奔走的氣勢略佔上風的甚內取勝。沒工夫弄清倒在黑暗中的對手，甚內回身又砍了一個追上來的敵人。

四

闇夜交鋒大約過了一個半月，這期間甚內豎起耳朵注意兩件事。

一件是關於交鋒的傳言。那天夜裡甚內砍了三人。肯定有負傷的，說不定還有人一命嗚呼，然而，到哪也聽不到此類傳言。所以，襲擊甚內的是些什麼人就不明不白。下命令的人竟然把這一事件隱蔽得如此巧妙。

另一件是解除減祿的通知。擺脫了松林外的襲擊，甚內當夜順利把密封包裹送給了栗田家老。他認為不負使命，下面就等著上頭發出恢復世祿的指示了，可通知卻遲遲不來。已經過了一個半月，音訊杳然。

假如指示拖後，甚內覺得也應該有所表示才是。或許家老忘掉了當時的許諾吧？他終於焦躁起來了，正當此時，甚內被糧倉總管松川清左衛門叫到宅邸。

時節已進入梅雨，街鎮上霪雨連日。霧一般的雨下了一陣之後，太陽剛要露出來，轉瞬之間天空又變得漆黑，暴雨傾盆，這樣的天氣日復一日。那天晚上也下雨，甚內擎傘來到足助坊的總管宅邸。

一到門口，松川家的男僕在等候，立即把甚內領進後面的房間。進屋卻不見上司的身影，等著的是家老山內藏之助和大監察大熊百彌太。

甚內以為進錯了房間，驚惶失措，大監察開口說進來坐下。

「不是審訊，隨便點。」

大熊對緊張的甚內說，然後說，我問的話全都要老老實實回答，不許撒謊。

「上上個月的月末……」說了之後，大熊又訂正為準確的日子。「那天你去了高泊吧？」

「是。」

「雖說那天你不當班，但同僚自不必說，甚至對家裡人也沒說去處就出去了，為什麼？」

「吩咐我的人讓這麼做的。」

「那是栗田吧？」

「是的。」

於是大熊轉向山內，說如此做法很巧妙，那就不易被發現。山內坐得稍遠，望著二人，大熊這麼說了，他並不作聲，只是用兩手捧著茶碗默默啜茶。

大熊又把臉轉向甚內。好像覺察了甚內的表情，說：不是說你巧妙，別介意。

「那麼，去高泊見了誰？」

「一個女人。」

「地點是吉野坊的牡丹亭嗎？」

「是。」

「那個女人自報了姓名嗎？」

「沒有。」

「說說是什麼樣的女人。」

「三十五、六歲，很漂亮，好像是商家的女人。」

「小松屋的老闆娘，沒錯。」大熊對山內說，這位家老還是只點點頭。「見面又做什麼了？」

「交換了我拿的東西和她拿的東西，因為就是這麼吩咐我的。」

「你拿去的東西是什麼，金子？」

「我覺得是，但沒有看裡面。」

「憑你的感覺，假如是金子，估計有多少？」

「大約四、五百兩。」

「四、五百兩！」大熊又看了看山內，彼此點點頭。

「對方交給你的是什麼？」

「是紙包，密封的。」

「就這個？交換了東西就完了？」

「啊？」

「那小松屋的老闆娘可是遠近聞名的美人，然後該勸你喝一盃吧？」

「是的，喝了兩三盃，就這些。」

「哦，那太可惜了。」

大熊咧嘴笑了笑，一直默不作聲的山內也噗嗤一聲笑了。大熊又伸直腰，說：

「你估計那紙包裡是什麼？猜一猜。」

「像是信，或者什麼文件。」

「不錯。」

大熊抱起胳膊，兩眼盯著天棚。那胳膊很粗。過了一會兒，他放下胳膊，說：

「文件或者信應該交給了栗田？」

「是的。」

「不過，話有出入……」大熊用銳利的目光注視甚內。「工程隊的橋本、近侍隊的棚倉、財會隊的村井的三兒子，叫石之助，那個坐冷板凳的，你聽到這三個人的名子，有什麼聯想？」

「沒有。」甚內說，但這時覺得以前的疑問像氣泡一樣在頭腦裡浮起來。「莫非這三人就是我從高泊回來的夜裡交手的人嗎？」

「正是。」大熊說。「村井石之助悄悄療傷，但前天死了。橋本、棚倉也負了重傷，但好像性命無虞。」

「……」

「你知道唆使這些年輕人襲擊你的是誰嗎？」

「……」

甚內瞥了一眼山內家老。山內神色不動，說可不是我喲。

「不是家老大人，告訴你，叫人襲擊你的是栗田。」

「怎麼會呢？」

「橋本、棚倉已經坦白了，是真的。」

甚內啞口無言。

「喏，吃驚是很自然的，栗田利用你從小松屋順利取回了危險的文件，但又怕真相從你嘴裡洩漏出去，為了保身他是不擇手段。」

「……」

「據這次調查，發現小松屋的文件移動了，但是不清楚去高泊完成這個任務的是誰，找出你可費了不少勁，因為你和栗田毫無牽連。」

「……」

「你幫栗田家老的理由是什麼？錢？」

「不，不是的。」甚內大感意外，不由地大聲否定，大監察噓了一聲。「大監察大人也知道，我二年前被削減了五石俸祿。」

「啊，那個嗎？」

「我這代被減祿極不光彩，傷透了腦筋，正在這時候栗田大人找到我，說幹好這件事就恢復俸祿……」

「甚內是川波的女婿。」大監察向山內家老解釋。「幫栗田是為了恢復俸祿。」

「五石恢復了嗎？」山內問。

「沒有。」

「那我給你恢復。但在此之前，要給藩府幹事。」山內把掌中擺弄的空茶碗放回托盤上，膝頭轉向甚內。圓臉溫和，用淡漠的聲音說：「以前出現了收租瀆職，處分了金森庄兵衛等很多人，當時斷定庄兵衛是主謀。但事實並非如此，真正的主謀另有人在，是栗田兵部。」

「……」

「高泊的富商、港口總管、一些官倉人員捲進去，是規模很大的非法事件，到現在還在搞。既然弄清了，就不能置之不管，要把栗田叫到藩府追究。我們已經商定，他若痛痛快快地認罪就算了，狡辯逃避就當場處理。聽說云弘派有短刀術的秘傳絕招，要借助一下。」

五

那天，法藏寺的鐘聲通告了午後兩點之後，甚內午睡了一個來小時。醒來喝了一肚子朋江準備的粥，換了衣服出門。對朋江只說藩府召喚，沒告知詳情。

因為是不當班的日子，所以甚內沒有穿正裝，披了件外掛。就這副裝束從叫作唐門的後門進入藩城。追究栗田兵部的非法行為要極其秘密地進行。藩府內有很多栗田黨羽，一旦走漏了風聲，就可能引起超乎預料的騷亂。甚內的行動也極為隱密。

大概是梅雨間歇，天空時而飄過淡淡的白雲，難得露出藍天，耀眼的日光在綠樹葉上閃動。甚內腳步匆匆，沿背巷行進。

追究栗田家老定於傍晚五點開始。按照和大監察商定的，甚內起碼必須在四點半之前趕到外城御殿的白雨堂內廊。不過，甚內認為到得太早也不好。雖然白雨堂內廊平時不大走人，卻也怕退勤之前到那裡會遇到人。

甚內走進寺坊。太陽斜射著寺廟的白牆和牆內鬱鬱蔥蔥的綠葉，路上不見人影，寂然無聲。他放緩了腳步。來到這裡，就等於已經到了藩城。穿過寺坊就能到後門前面的濠畔柵門。

低頭轉過牆角，說時遲那時快，甚內往後一跳，迅速解開了外掛的帶子。一個男人站在那裡，放下抱著的胳膊，跨到路當間，喂了一聲。是騎衛隊的佐野慶次郎。

甚內聽大監察說過，佐野是栗田兵部的左膀右臂，鎮上首屈一指的單刀派葛西武館的高徒。甚內警惕地環視，脫下外掛。

「不能給別擋路嗎？」

佐野可能比甚內小三兩歲，揚起年輕精悍的笑臉。

「不能呀，在這裡把你擋到四點半是我的任務。」

佐野說著，一點點後退，擺出隨時能拔刀的姿勢。甚內略受震撼。此後的步驟已洩露給栗田家老一方，肯定我也一直被監視。

但震撼無形於色。盯著佐野，甚內說：

「四點半？那可不容易吧。」

「……」

佐野慶次郎嘻笑，牙齒白白的。

「在松林襲擊我時也有你吧？」

「開什麼玩笑，別把我跟那些人攪在一起。」

「好像對武功非常有自信呀。」

「有自信，不然的話，豈敢一個人恭候云弘派的川波。」又露出白牙笑了笑。「砍過來吧，馬屁精甚內。」

甚內不回答，報以一笑。他明白佐野想激怒自己，帶笑邁進。

佐野後退，甚內不介意，疾步上前。隨隨便便地縮短間距，終於佐野先拔出刀。甚內就等著這一瞬間。他把左手抓著的外掛像撒網一樣朝佐野投過去。

佐野不愧是葛西武館的高徒，動作輕捷。他不在乎外掛，滑過地面似的傾身砍過來。甚內也同時奔前。擦過地面一般，佐野的刀由下揮起。甚內彷彿要自上壓住那迅疾的一刀，變換姿態。以一條腿為軸，忽地轉身。姿勢不穩，踏進右腳，刀式就恰好構成了云弘派獨特的劈砍。伸出的刀尖砍中佐野要收回的腿。

佐野毅然不屈，重整架勢奔過來。刀風呼嘯，但甚內倏地跳到一旁，只砍破甚內的衣袖，佐野便一個趔趄，翻滾到牆下。

甚內馬上挺起上身，瞥了一眼疼得呲牙裂嘴把刀指過來的佐野，拾起外掛，旋即離開此地。

四點半之後，甚內屈膝蹲坐在外城御殿的內廊上。濠畔的柵門、唐門，大監察都佈置就緒，甚內報了姓名，哨兵就一聲不響地放他進來。按照大監察的指示，甚內由此繞到御殿後面，來到鎮上的人出入的廚房門，叫來一個叫吉村的火伕，把長刀和短刀都交給他，進入裡面。

甚內赤手空拳蹲坐在漸漸暗下來的廊上。對栗田家老進行追究應該在黑風堂，從白雨堂往裡數第三個。黑風堂也叫監察堂，也是家臣違法，重臣議處時使用的房間。甚內洗耳細聽，但是在外城御殿的深處，靜悄悄一片，什麼聲音也沒有。

甚內抬起臉，靜靜側臉傾聽。似乎聽見遠處有人叫喊，但只有一聲，周圍又鴉雀無聲，正當他以為剛才的聲音是幻聽時，從白雨殿裡面傳來啪嗒啪嗒的腳步聲。接著有人打開隔扇，一閃來到廊上——是栗田兵部，手提白刃。

廊上昏暗，甚內猛地站起來。栗田站住，辨認似的看了一會兒甚內，慢慢走近，問道：

「殺手是川波甚內嗎？」

「對不住。」

甚內說，滑步進前。兩手揣在袖筒裡，一副袖手旁觀的樣子。栗田奔過來劈砍。甚內斜身閃過。這時手從懷中掏出來，錯身之際左手柔軟地纏住栗田的身體，使他失去自由。

栗田掙扎，甚內把右手的匕首利落地刺入他後頸。刀尖探到頸骨，一剜便拔出。不容出聲的閃電之技。把臂膊中癱軟變重的栗田的身體放倒在腳下，看也不看，走向出口。匕首在懷中入鞘。到了走廊盡頭，這才從白雨堂後面傳來嘈雜人聲。

來到廚房外面，吉村站在那裡，一聲不響把雙刀交給甚內。無人盤問，甚內從唐門出了藩城。

暑熱的夏天裡對栗田同黨進行了處分，藩內一時騷然，入秋才告一段落。山內家老這就能無所顧忌地掌管藩政了吧。

大概是梅雨長的緣故，這個秋天多好天。川波甚內依舊大聲拍馬屁。

「天氣真好啊。」

甚內用暢快的聲音說，對方要是拿著東西，就馬上伸出手。

栗田一黨處理完了時，上頭下令恢復了削減的五石，而且又增加了五石。這是賞識他在政變中起到的作用。甚內已經沒必要拍馬屁了，但興高采烈，還止不住取悅奉迎。看來多少是習以為常了。

甚內聲音朗朗。那聲音傳來，不了解情況的年輕藩士露骨地發出苦笑，老人則哭喪著臉瞪一眼。看待甚內的眼光依然與輕蔑相差無幾。

愛忘事的萬六

ど忘れ万六

一

不足四十坪的菜園角落裡雞冠花已變得火紅。花是早就長在這裡的，不像被修整過，卻開得很好看。萬六正一邊拔鼻毛一邊讚歎，聽見腳步聲。

咳嗽了一聲，樋口萬六從外廊回到屋裡。紙隔扇拉開，兒媳婦龜代進來，手上捧案，上面擺著早餐。板著臉小聲說了什麼，這就算請了早安，但萬六沒聽見。

「那個，什麼……」萬六說。一下說不出兒子的名字。「已經走了嗎？」

龜代從走廊搬進來圓形的飯桶，還是很小聲，說了一聲「是」，簡直就像說那又怎樣，也不看萬六的臉。

參之助那小子！

近來好像被慢待公公的媳婦影響，也不請安就出勤。萬六終於想起兒子的名字，在心裡罵了一句。

以為拿進來飯菜就轉身而去，龜代卻低頭給他盛了飯。太陽也有打西邊出來的時候，萬六想，默默吃早飯。

本來胃口好，但畢竟受不了今年夏天的熱，飯量減少了，可這個時期一過，萬六的食欲便恢復常態，今天早上也吃得非常香。

另外……

也因為龜代做得好吧，萬六想。龜代這個兒媳婦是美人，好強，有時候甚至不把公公當公公，但令人誇讚的是不厭煩下廚，而且是高手。

不過，雖說擅長烹調，也不過是隸屬土木工程隊的年俸四十五石的人家。每日伙食不能花多少錢，但龜代是巧媳婦，能在有限的開銷裡治備美味佳餚。

比如說萬六的早餐，內容是鹽漬小茄子和一點點醋拌菊花，還有昨晚剩下的鹹鮭魚和醬湯，那小茄子是俗諺說不給媳婦吃的秋茄子，跟醋拌菊花一樣醃出了上等的味道。鹹鮭魚雖然是昨晚剩的，但去掉吃了幾口的地方，又重新烤得焦嫩，而醬湯裡放了青菜和切成小方塊的豆腐。龜代的飯菜一點都不偷工減料。

豆腐或魚，土木工程隊宿舍的家家戶戶從外面沿街叫賣的商販買來就行了，死去的萬六老婆也始終這麼做，而龜代除非紡織的副業騰不出手，好像通常都是去坡下的商店街採購豆腐採購魚。自從龜代下廚，就覺得飯菜變了一個味，一定是這個緣故。

萬六滿意地要吃第三碗，遞出飯碗，龜代卻把手放在膝上，低著頭沒有發覺。看來在考慮什麼事，臉色黯然。

「喂！」

一招喚，龜代吃驚地抬起頭，接過飯碗，但萬六沒看到龜代看他的臉上掠過夢魘似的表情。大概有什麼事。這張臉可不像一向好強的龜代。

「出了什麼事嗎？」萬六問。

可是，給萬六盛了飯，龜代又深深低下頭。她啊呀了一聲，卻沒有站起來離開房間，依然在那裡垂著頭，萬六嘴裡嚼著飯，盯盯注視著。

他放下飯碗，問道：

「不知是什麼事，但憋在心裡不好，說出來罷。」

「……」

「跟參之助吵架了嗎？」

「沒有。」

說著，龜代撩起衣袖，扭過身去，發出難以壓抑的嗚咽聲。

怎麼回事？

萬六啞然，注視著顫抖雙肩哭泣的兒媳婦。這飯是吃不下去了。

二

一年前樋口萬六退職賦閒，年齡是五十四歲。

他擔任土木工程隊的小組長，身材矮小卻相當結實，自己也覺得賦閒還早了點，但過了五十健忘就一下子嚴重了。不過，忘記的事情大都過後又能想起來，所以從萬六的情況來看，好像也不是老糊塗了。可是，叫來部下卻一時想不起來該交待的命令，面對面說話的人的名字怎麼也想不起來，這類事情多了也就妨礙勤務了。

有一天發生了事故，使萬六當即下決心退職。不，也許應該說是順水推舟。這是土木工程隊一部分人負責馬頭川堤防工程時的事。

那時工程已完成九成左右，留在工地的只是萬六小組和一直跟該組幹活的二十來個民工。工作也就是善後，用已經運來的土加固河堤上部，此外，拆除那些堆積石壩時支在堤防內側的木框，收拾散落河底的施工工具。需要夯實土的地段也只剩下十幾畝，看來工作不待日落就完了。

「行不行？」萬六對幾個部下說明了工作內容之後囑問了一句。「先收拾丟在河裡的板車、夯土工具，然後拆木框，幹完了之後再夯土，就按這個順序，明白了吧。」

說著，萬六總覺得還有什麼必須補充的重要事情，卻想不起來是什麼。就這麼著帶了一個部下離開了工地。

萬六去巡視十多里地之外的水門。有消息傳來說，馬頭川的小支流五兵衛堰的水門壞了，總領讓他去查看破損程度。

到那裡一看，水門壞得很嚴重。厚厚的木頭門一半破裂了，水門半閉，堰起不到攔水的作用。水從破門的大裂縫湧出來，流向下游。這就難怪下游的村子叫苦，萬六想。正值秋天，田裡要水的時期過去了。

看來是馬頭川工程造成的。

萬六想。為了堤防工程，馬頭川也在上游關閉了水門，從那個水門的上游分流出來的五兵衛堰當然水量就增加。五兵衛堰水門關閉了一定程度，以調節水量，但水門的木材很舊了，承受不了水的重壓。溢出來的水轟轟作響，半壞的水門可怕地震動著。

「前兩天下雨造成的。」

萬六對一起來的部下莊司說。這時，他覺得頭腦中浮起了什麼重大的事情，打住話頭，凝望空中，但這麼一來，浮起來的東西就消失了。

「你看看那邊！」

萬六讓莊司到小河對岸查看一下門那面。

「怎麼樣？下面能看見的是裂縫吧？」

「是裂縫。」年輕的莊司趴在岸邊，把身體探出水面查看，終於抬起身體，大聲說：「有很大的裂縫，這樣可挺不了多久。」

「結果非全換不可啦。」

好，明白了，萬六也大聲回答，又仔細檢查了一遍之後，招呼莊司回來，離開了水門。

順著五兵衛堰邊上的田間小路返回，遠處響起了鐘聲。那是藩城外邊圓德寺的鐘。那鐘聲使萬六想起了從早上就卡在心底的事情。

「上午十點鐘啦，這可糟了。」

萬六說，然後就一聲不吭地跑起來。莊司莫名其妙，也跟在後面跑。

兩天前下雨，馬頭川漲水。支流不只是五兵衛堰，上游還有好幾條，所以馬頭川不會一下子就氾濫，但上漲的水就要越過因工事而關閉的水門。再這麼下去，水門就會壞，所以昨天傍晚郡鄉總管宅邸派人來土木工程隊詢問工事進展情況，能否通水。

在工程隊協商了一番，認為堤防夯土跟通水無關，最後只需要一點工夫善後。說是把河底的工具撿回來，拆除木框，但剩下的木框沒多少，所以，快的話，半個時辰就可以拆除，費時也用不了一個時辰，於是告訴郡鄉總管宅邸，上午十點鐘通水沒問題。

現場的直接負責人是樋口萬六。他把這些情況裝進腦袋裡，吩咐了今日的工作順序，但忘了說最關鍵的事。十點鐘水門打開這件事到了吩咐工作的時候完全從腦袋裡漏掉了。

汗流浹背，萬六往前跑。冒汗不光是跑的原故。馬頭川寬三丈餘，雖然算不上大河，但滿滿蕩蕩地流淌，力量也足以把人或馬沖走。沒人深的地方很多，一旦被沖走，若非水性非常好的高手，難以脫險。

留下來的部下和民工按萬六的指示順順當當善後的話，這會兒應該全都從河裡上到堤防了。然而，要是違背他指示的程序，或者正好沒有他監視就怠工，就必定被上游一瀉而下的河水席捲。

這種擔心，以及沒想起打開水門這件事的後悔，使萬六渾身是汗。大汗淋漓地往前跑，他感到絕望，自言自語：差事幹到頭了，俺老了。

從事故的結果來看，過失重大，就不能以退休了事，但那天很萬幸，留在河底的只有三個民工，而且水來時被土堤上的人救出來，所以形式上萬六的過失只是把現場的人嚇了一跳而已。

完工以後萬六向上司報告了那天的事故，受到譴責之後提出退休申請，把職務讓給兒子參之助。

賦閒後的日子像萬六以前想的那樣，一天天很乏味。

以藩府財政困難為由，藩士把一部分祿米借給藩府。說是借，卻沒有還回來的先例，而且徵借是強制性的，所以對於藩士各家各戶來說實際上等於削減了俸祿。

徵借說是按廩食多少，但年俸二百石之家借三十石，不能跟四十五石的萬六家借五石同日而語。萬六這樣身分低的人家靠四十五石度日已經夠窮了，再減去五石，就只好搞副業。何止萬六家，百石以下之家誰家都在搞某種副業，藩府不但不責怪，對適當的副業還予以鼓勵，這是近年的風潮。

萬六家裡也是媳婦龜代織布，參之助用木頭雕達摩，貼補家計。他心想，即便這樣，上班的時候大體上還是被當作一家之主對待，但退了休，直到昨天還充當一家的頂梁柱，很可能一下就跌落為家裡的累贅。

雖不至於是累贅，但並沒多長時間，一個月、兩個月過去，退休之初的呵護、殷勤照拂就逐漸褪色，兒子和媳婦都只顧忙自己的，跟萬六連話也不好好說了。而且，龜代到了秋天就用那種不容商量的口氣說，父親大人，今天幫著幹地裡的活吧，使喚萬六挖了兩天菜園的大蘿蔔和長芋。這個菜園合夥雇人種了蔬菜，龜代自己有時也幹地裡的活。龜代很能幹。

欸，不能像參之助那樣雕木頭，只是散步睡午覺吃飯，多少被冷待也無可奈何。往後只是老下去，關鍵是盡量不被媳婦嫌惡吧。萬六旁觀年輕夫婦，心裡稍微跟他們保持距離。

疏遠的媳婦在公公面前也毫無顧忌地哭泣，萬六不能不認為肯定是出了大事。

「怎麼了？說說什麼事。」萬六說，這時突然對伏臉在長袖上哭泣的媳婦動了強烈的愛憐之情。

龜代自幼失去雙親，像走馬燈一樣由親戚們撫養成人。這姑娘不懂親情。萬六此刻想起媒人曾根源左衛門說的：有緣當兒媳婦，希望像親父母一樣關愛。來公公屋裡哭一定是沒有其他能去哭的地方。這麼想，看著微微顫抖的瘦弱肩頭就覺得格外可憐了。

萬六腦子裡驀然一閃念。

「看來對參之助也保密吧。」龜代聽了，這才揚起臉看公公。還沒生孩子，淚污的臉像個小姑娘。「說說看。」

萬六重複說，龜代掏出紙擤鼻涕，然後用一反往常的語氣微微幽幽說：

「有人威脅我。」

「威脅你？誰？」

「大場庄五郎。」

「……」

萬六眯起眼睛看兒媳婦。大場庄五郎是土木工程隊總領的大兒子，藩士搞副業織的產品交給他，由他去鎮上用時價跟商人交易。

上等藩士家的孩子大都被近侍隊錄用，跟父親一起出勤，這是慣例，但庄五郎從未被錄用，現今也出入紡織品交易所那種不為人注意的地方，聽說是因為性格粗暴，進城執勤不合適。萬六還耳聞，他雖然性格粗暴，但能使刀，在鎮上室井武館是高徒之一。

「大場庄五郎說了什麼？」

「……」

「別隱瞞，不說出原因怎麼商量。」

龜代俯下蒼白的臉，說：

「跟片岡文之進從茶屋出來，被大場看到了。」

三

片岡文之進從藩城下班回來，萬六在他家所在的笄坊入口截住他。白淨，高個子，一眼就看出是像龜代說的那樣儀表不凡的男人。

「是片山吧？」

「不，我是片岡。」

「對對，是片岡。」萬六轉到文之進前面，堵住了道路。但對方身材高大，而萬六矮小，肚子出來了，不免有點往後仰。「我是退休的樋口，土木工程隊的樋口。」

「啊，那就是龜代的老公公啦。」

文之進笑容滿面。聽說在江戶駐在好多年，兩個月前才回鄉。長久用江戶的水洗臉，難怪很善於應酬。年齡有二十八、九，跟參之助差不多。

「今天找我有什麼事嗎？」

「想打聽點事情，特來拜訪。」

萬六問，半個來月之前在菊井坊的茶屋小萩茶屋請龜代喝茶是真的嗎。片岡家祿秩超過百石，所以要謹慎。

「小萩茶屋？半個月前？」文之進抱起胳膊皺眉頭，但立刻放下胳膊，拍了一下手。容貌優雅，軀體偉岸，在外表上參之助之流怎麼也望塵莫及，但片岡文之進也像是沾染了江戶的輕浮。「不錯，想起來了。確實請龜代喝茶了，那怎麼啦？」

文之進發現萬六用猜疑的眼神盯住自己，登時露出狼狽之色。

「不不，說請客也沒有別的意思呀，老先生。我家在宮川坊的時候跟龜代是鄰居，早晚打招呼的，關係很密切。偶然在菊井坊的路上遇見了，久別重逢，就聊了聊過去。」

「可，上了那什麼茶屋……」萬六說，已經想不起茶屋的名子。「您知道那是後頭也有酒的店吧？」

「酒？那沒有，老先生。」文之進急忙擺了擺手，像女人一樣白皙，手指長長的。「再怎麼說碰到老鄰居，龜代如今畢竟是樋口家的媳婦，也不可能喝酒，這點規矩我還是明白的。」

「……」

「聊了過去的事，頂多兩刻鐘，要是懷疑，可以去問問小萩茶屋。」

「沒說假話吧？」

「我打賭。我也定親了，來春辦喜事，不會做讓人懷疑的事，請相信我。」

「是呀。」萬六點頭。「好了，就相信你說的吧。可是，就算我相信，有人看見你跟我兒媳婦搭伴從小春茶屋出來了，來威脅我兒媳婦。」

「小萩茶屋。」訂正以後，文之進皺起眉頭。「威脅？」

「說是我不張揚，可你要聽從我一次。」

「龜代可是美人啊。威脅人的那個混蛋是誰？」

「知道大場庄五郎嗎？」

「……」

文之進沒出聲，臉頰抽動。看來他知道大場庄五郎是什麼人。

「看來你知道。被壞透了的人看見了。」

「……」

「所以今日有個請求，可以嗎？能不能去見大場，由你告訴那傢伙，他拿來威脅的事由完全是誤會。」

「我？見大場？」文之進的臉色眼看著煞白了。用顫抖的聲音說那可不好辦。「那種事還是老先生直接找他的好，也師出有名。」

「不，我出馬就有點小題大作了。你是當事人，解釋一下，就解開了無聊的誤會，這才最是方便。」

「可是，不好辦哪。」文之進畏畏縮縮，說。「我也剛回到藩裡，是關鍵的時候，實在沒心思捲進那種麻煩裡。而且剛才說了，來春就要辦喜事……」

「可是，片山……」

「是片岡。」

「片岡，你也有一半責任吧？給龜代添了麻煩，卻只當沒看見，還算是男人嗎？」

「哪怕你說得再嚴厲，我也……總之，以前就聽說大場這個人蠻不講理。」

文之進越說聲音越低，跟萬六拉開了距離。突然聲音又快活起來，說這麼辦吧。

「首先憑老先生的經驗去跟他說，要是怎麼也解決不了，那時沒辦法，我就出面談判。這樣一步一步進行如何？」

就這樣，今天就對不起了，文之進自顧自說完便轉身匆匆離去。頭也不回。總而言之，把責任推給萬六，逃之夭夭。

沒用的東西！

萬六嘆了一口氣。本來指望片岡是一個有骨氣的男人，會說給龜代添了麻煩是我的負責，我保證處理什麼的，沒想到白來了一趟。只是個耍嘴皮子的傢伙。

不過，不能光說別人家的事。參之助若是對自己那兩下子有自信，媳婦的不檢點且不說，好好囑咐一番，讓他找大場那小子抗議，可參之助也為人懦弱，不次於剛才那個片岡。看來像片岡說的，只有萬六自己找大場那小子了。

對萬六的解釋，對方說一聲原來是這麼回事，那就沒什麼可擔心的，倘若看來者上了年紀，不予理睬，可就成問題。要做好這個準備。萬六停下腳步，是在笄坊盡頭的諏訪神社前面。

林崎夢想派……

也許已經生疏了，萬六邊想邊走進發暗的神社境內。以前鎮上有一個教林崎夢想派的武館，他自幼在那裡習武，出類拔萃，師傅寺內彌五右衛門發給他技勝於師的證書。

萬六繼承家業，出仕藩府，數年後寺內病故，武館倒閉，門徒都轉到其他武館去了，這個當年座落在曲師坊的拔刀術武館漸漸從人們的頭腦裡淡漠。如今武館也好，樋口萬六的漂亮拔刀術也好，都沒有人再提起了。

諏訪神社，名字了不起，但只有一間小巧玲瓏的舊社殿，境內雜草叢生，無異於荒地。萬六站在一株葉子落盡的木槿前。打開了鞘口，鬆垂手臂，踏穩腿腳，就這麼看著如同一把白掃帚倒豎的木槿，調勻氣息。

過了約兩刻鐘，萬六運氣扭腰，發一聲喊，腰間出手，跨步蹲身。地面昏暗，頭上已兩斷的木槿緩緩倒下來。刀神速地收回鞘中。

四

「我不記得有說過叫她聽從我。」

大場庄五郎呲牙傻笑說。塊頭很大，紅臉膛，年紀還輕，皮膚卻像中年男人一般粗硬，一邊笑，一邊用細小銳利的眼睛看著萬六。

交易所一般在藩城的外城裡，而紡織品交易所卻是在街鎮盡頭的弓師坊。這也是由於所處理物品的性質，交易所房屋本來是商家的空房，被藩府徵購，充作公所，用以鼓勵搞副業，不過是空空曠曠的破房子。除大場之外，還有下屬一名，雜役兩名，商家派來的市人數名，如此而已，不像被藩府優待。

這一點，大場本人最清楚。他家是食祿二百五十石的上級藩士，按說這個門第進藩城當個一官半職也實屬正常，竟然窩在了不對路的弓師坊，那種自卑感顯露在大場的臉上態度上，應對時毫不掩飾不負責任、鬧彆扭的心情。

「可是，那誰……」萬六反駁，這回一下子想不起來兒媳婦的名字了。「我家兒媳婦說你威脅她。」

「那是誤會吧。」

「要是誤會就算了。」萬六說。對方支支吾吾，爭論太累人。「那就什麼，知道了我家兒媳婦從小春茶屋出來，只是被老熟人片岡邀請，喝了兩刻鐘左右那麼一小會兒茶，所以拿這事當把柄你威脅我家兒媳婦，也不是事實，是這麼個意思吧？」

「那裡不叫小春茶屋，是小萩茶屋，老爺子。」大場輕蔑地皺起鼻子，看了看萬六，又接著說：「我說了沒威脅她。不過，老爺子家的媳婦跟男人一起從茶屋出來是事實。在裡面喝酒還是喝茶我不知道，不過，剛才說的這個事實，跟不跟人說，那隨我的便。」

「還是要威脅了。我兒媳婦說不願再把東西拿到交易所去，所以你是妨害搞副業。」萬六站起來，放開了嗓門。「我要把這事報告上頭！」

「最好算了吧，那只會張揚家醜。」

「不在乎家醜不家醜，兒媳婦要緊，不許你招惹她！」

雜役、市人吃驚地看著這邊，萬六瞥了一眼，走出紡織品交易所。大場趕緊追上來。

「喂，老爺子，我還有話說，等一下。」

大場拿出街頭無賴的腔調，俐落地搶先拐進小巷。看著寬大的後背，萬六也跟隨其後。穿過細長的小巷，有一座橫跨小河的橋，大場過了橋。河邊有路，再往前是收割完的田地。

領先在路上走了一會兒，大場回過頭來。西邊天空即將沉下去的太陽滑過原野，照著大場。他的臉一半紅一半黑。

「喂，非報告不可嗎？」

大場邊說邊摘下刀帶，打開了鞘口。大概示一下威。萬六毫不疏忽地看著，說：

「報告！這種情況讓有司來裁斷是非曲直最好。」

「算了吧。」大場低聲威嚇。「要是幹到底，那就在此了結。」

說完，竟然輕飄得與身體不相稱，後退了兩丈開外，然後從那裡慢慢向萬六逼過來。他不出聲地笑著。那紅黑鼓脹的臉上露出的笑令人厭惡。

大場不笑了，忽地矮下身體。是否真要砍殺，萬六不得而知，但見他一聲怒吼，刀身唰地出鞘，露出那種粗暴得連在藩府就職都不能的人的猙獰。也許用刀背，刀直奔萬六頭上。

但下一個瞬間，大場的刀飛上天，落入河，大場本人大聲叫喚，屈膝坐地。萬六的拔刀術一擊把刀撥飛，回手用刀背狠掃大場的小腿。

萬六謹慎地挺刀走近大場，把另一把小刀也從他腰間摘下，丟進河裡。

「室井武館的高徒就這兩下子嗎，不堪一擊。」萬六說，又讓還嗷嗷叫喚的大場閉嘴。「小子，我說報告上頭是把你引到外面來的藉口呀。總不能在人前跟上司的兒子交手吧。」

「……」

「收拾你這樣的小崽子，我樋口萬六用不著靠藩府。今天就到這兒，下次再敢對我兒媳婦無禮，就打斷你一條腿，明白嗎？」

被刀尖抬起下巴，大場庄五郎說明白了。仰視萬六的眼睛裡掠過驚恐。

萬六慢慢後退了幾步之後，故意像大場那樣用神速的手法收刀入鞘。然後轉身邁步。之所以走得慢悠悠，是因為剛才使拔刀術時又閃了腰。

不會被看破吧，邊想邊回頭，只見大場把裙褲挽到腰間，護著疼痛的腿，用一條腿跳著要下到河裡。大概是覺得不撿回刀沒法回交易所。

「那誰……」萬六對送來早飯的兒媳婦說。一張開嘴就突然忘了，說不出兒子的名字。「已經出門了嗎？」

「老早就走了。」兒媳婦龜代用冷淡的聲音說，利落地盛上飯和湯就要抬起屁股離開。「後面請爸爸自己盛吧，今早要幹的事非常多。」

呵呵，又犯病了。萬六一邊想一邊嚼飯。

萬六制服了大場以後，龜代去交易所賣紡織品，大場不但不搭話，而且把眼光掉開，一次也沒看過龜代。龜代感嘆，公公到底給那個莽漢使了什麼招法。此後對萬六的日常生活也照料得無微不至，但也就一個來月，好像又故態復萌。

不過，萬六並非有多麼不滿。他還覺得，太糾纏了也讓人厭煩，當兒媳婦的給好臉，給好東西吃，就不必說別的了。

「這是什麼……」

相當好吃呀，萬六一邊想一邊嚼龜代做的糖醋鯽魚。糖醋一詞都來到喉嚨了，卻說不出來。越想越焦躁，那個詞語好像飄在空中忽忽悠悠遠去。

不說話的彌助

だんまり弥助

一

杉內彌助重英在藩裡有點被當作怪人，因為太沉默寡言。

雖說饒舌不中聽，武士越沉默寡言越好，但過猶不及。例如杉內彌助不願意跟迎面而來的上司寒暄，就拐個不必要的彎，這類傳言數不清。豈止不愛說話，連日常的招呼也不打，那就不是美德，而是人有毛病了。彌助平日被列入另類是無可奈何的了。

不過，應該算萬幸吧，彌助的怪人狀態倒也不給旁人添麻煩。只不過那裡有一個非常寡言的人，不介意就算了。

話是這麼說，但彌助的勤務倘若是近侍隊、土木工程隊或者文秘書記，寡言必釀物議。又倘若世襲的職務是司儀或藩使，說不定對家門宗祧的存續也產生妨礙。

萬幸的是杉內彌助屬於騎衛隊。世祿一百石，不是司儀或藩使之類的上等藩士，也不是像土木工程隊或者管記那樣被上司酷使的鼠輩。騎衛隊分為四組，一個月裡只有一半上藩城執勤，拾掇馬匹，參加訓練，其他日子就是在家裡健身練武。

因此，應該說彌助的寡言不至於害及旁人也多虧了身分與職務，但還有一點不能忘了說，那就是杉內彌助的風貌、體格。

彌助中等身材，肥碩硬實。圓臉淺黑，鬍鬚濃重，早晨刮了傍晚嘴邊下巴就又黑乎乎。如果眼睛再是圓的，或許像一只貉，但彌助生得細眉細眼，作為男人就顯得和善。騎衛的男人們都是彪形大漢，這副風貌、這種體態混在其間簡直不起眼，這也是彌助的寡言不為人介意的理由之一也說不定。

不過，要是說完全沒有人介意杉內彌助的寡言，卻也不是，例如在藩府要職開會時有誰突然提到彌助的名字，詫異地問，他過去就那樣沉默寡言嗎。有一次，在騎衛房還有人說過這種話：

「好像不愛說話並不妨礙夫婦敦睦，不是說杉內居然有五個孩子嗎？」

說這種有點下流的話的是總領野澤玄蕃，也就是彌助的上司。

這個玄蕃半年前剛剛接替父輩當總領，才三十歲。騎衛分屬於四個總領，所以年輕的玄蕃才繼承家門就匆匆統率了彌助他們一組，但是與人品、見識都超群的上一代相比，這位後任處事，言行輕率很明顯，那不光是年紀輕。

好像那天也是到騎衛房看看，順便向部下大大表現一下平易近人，就拿彌助的寡言來嘲弄，可是，迎合這種無聊的諧謔發出笑聲的只不過三兩個人，大部分人作出掃興的表情。也像是把平時覺得這位總領靠不住與不滿意的情緒表露出來了。

然而年輕的總領沒察覺，蔑笑著繼續說下去：

「我也想兩個人再有個孩子，但怎麼也生不出來。要學學杉內，今後少說話，哈哈。」

這次誰也沒笑。被戲弄的彌助本人板起面孔沖著總領。

總領也終於發覺這一番風趣不怎麼被接受，頓時滿臉不高興。

「怎麼了，你們，一點精神都沒有嘛。」總領聲色俱厲，把矛頭指向彌助。「杉內也真是的，不說話總歸是我行我素。在我的組裡……」

說到這裡，總領閉上嘴。杉內彌助把瞇縫眼比往常稍微睜開了，注視著總領。大概那眼光使上司沉默了，或者野澤玄蕃這時想起了彌助年輕時曾以今枝派劍客聞名也說不定。啊，算了，嘀咕了一聲，總領匆忙走出騎衛房。從頭看到尾的同僚這次發出了開心的笑聲。

從這件小事也可以看出，杉內彌助異常寡言被視為怪人，有時在騎衛房裡也會被無視，但並不因此而被人輕視。

寡言歸寡言，一起上下班的親密朋友也有兩三個，彌助跟同屬騎衛隊的曾根金八交情尤其深。

二

「聽說了嗎，金井家老的兒子出事了？」

金八說，但好像並不指望彌助回答，立刻又補充了一句：就是強姦染井坊酒樓「立花」老闆娘那件事。

跟彌助說話比通常要多說一倍，金八卻不嫌煩。

「說是為此金井家老向值月班的磯村大人提出了去留呈子，自己要求召開執政會議審議這件事。大家都說金井家老真可憐，說由於不務正業的兒子不得不斷送家老職位。」

「……」

「也有人這樣說，這下子大橋派得勢了。」

金井甚四郎是次席家老，實權在握，執藩政的牛耳。家老是宰臣，大橋源左衛門是位居其下的中老，但也是另立山頭的實力人物。這兩個人在藩府裡對立已久，而且根深蒂固。

又有說家老的兒子出事其實是掉進了陷阱。金八說到這兒，突然用銳利的目光觀望前方，又回頭察看後面。

只見二人身後很遠處走著四、五個從藩城下班的人，此外，斜陽下新綠掩映的住宅區路上不見人影。

「說是立花的老闆娘被人唆使勾引了龜次郎。」龜次郎就是金井家老那不怎麼樣的大兒子的名字。「見過立花的老闆娘嗎？沒有吧？」

性急的金八雖然問，卻隨意斷定，可是，彌助見過一次那個叫千佳的老闆娘，那已經是十四、五年前的事了，那時千佳還沒有招婿，是立花的獨生女。只見過一次，但非同一般的美貌留下了印象。

彌助想像千佳現在應該有三十左右了，已經是美得令人一見鍾情的人婦了。

金八好像看透了彌助的這種心思，說讓那些在染井坊一帶玩慣了的男人來說，那個千佳是美人，男人沒有不想幹她的，所以龜次郎說人家勾引也未必可信。

金八說，再說另一件事。

「聽說了大橋中老跟村甚有關係嗎？」

村甚指的是鎮上富商村井屋甚助，經營種子買賣。要說村井屋為什麼被叫作村甚，是因為村井屋的財富大半不是來自種子生意，而是暗地搞的高利貸。人們叫他村甚時隱約含有蔑視。市人、農民不消說了，村甚也廣泛地借錢給藩士，還借給藩府一萬多，據說富不可測。

金八看了看彌助的臉，見彌助點頭，接著說村甚的女兒這回給內膳大人當了養女。

「當然是大橋從中撮合，知道目的是什麼嗎？」

「……」

「聽說如意算盤是早晚把那個姑娘獻到殿下或世子身邊，得機會就成了藩主家的外戚也說不定。村甚是不可小視的野心家，所以可能有這種企圖。」

金八又回頭看後面。彌助也掉頭看，但剛才那些人好像在途中下道了，不見身影，只有衰微的陽光趴在無人的長長的道路上。

彌助和金八轉過下一個拐角。雖然同樣是住宅區，但剛才路兩旁是一派威嚴的院牆，而這條路有好些新綠的樹籬，景色變得稍微柔和了。路窄了些，從哪裡傳來孩子讀經書之類的聲音。

「那就把話再回到剛才說的金井家老的事情上，說他被構陷並不是毫無根據。」

「……」

「知道當藩使的服部邦之助嗎？過去在三谷武館響噹噹的人物，不會不知道吧。」

「……」

彌助停下腳步。直盯著回首駐足的金八，發出低沉的聲音：

「服部怎麼了？」

「原來他竟是立花老闆娘的情夫。」二人對視，然後又並肩邁步。金八放低聲音繼續說。「服部是地地道道的大橋派。說立花事件是大橋派為搞掉金井家老玩的把戲就是打這兒來的。」

「……」

「怎麼樣，覺得是那麼回事吧。」彌助不置可否，所以金八認真地補充。「一方面策劃金井家老下台，一方面跟放貸的村甚勾結。把村甚的財力拉過來，就什麼都不怕了。」

「……」

「大橋的這個動作意味什麼，那是不消說的了。我們認為他要獨攬藩權。」

「……」

「藩現在成了這種局勢。」

說著，曾根金八停住腳步。這裡是彌助家門前。

「你可要小心。」金八低語。「也許過幾天大橋方面會找你，不要被花言巧語哄住。」

「你才該小心。」彌助說。「我嗎，我不要緊。」

曾根金八突然笑了笑。他兩頰削瘦，眼梢上挑，那張臉笑起來好像狼張嘴叫餓。揚揚手，金八轉身而去。

三

「今天淵上大人派人來了……」民乃幫彌助換衣服，用文靜的聲音說。「說是二十日做法事。因為是外婆的十七回忌辰，法事簡素，想請您一個人直接來廟裡。二十日不當班，正好呀。」

「……」

「淵上的廟知道吧，就是百人坊的照祿寺啊，別搞錯了。」淵上是彌助母親家的親戚。民乃繞到彌助背後，把彌助繫得不好的帶子重新繫緊，又幫他披上短外掛。「不用說，親戚都來了，起碼要好好說句問候話，可不要被人家戳脊梁骨。不愛說話也不要過分呀。」

不過，這麼說的民乃當年跟彌助談婚論嫁時最中意的卻正是彌助的寡言。民乃是俸祿二百石的朝海家次女，門第更高的人家來提親的也不是沒有，居然選中了彌助，是因為雖沒有特別的理由，卻覺得寡言的男人有溫情。

實際上成為夫婦，彌助的寡言超乎民乃的預料，但最初的直覺好像是對了。彌助似乎把言語不足那部分用在對妻子的關心上。十多年過得恩恩愛愛，近來民乃也胖得肥嘟嘟，成了連體型都相似的夫婦。

但其間有一個意想不到的變化，那就是民乃變得嘮叨了，與新婦時判若兩人。

丈夫寡言，妻子的話就非多不可，日久天長，積習成性。和丈夫兩個人，民乃就連珠炮似的嘮叨。有時也會對自己感到驚奇：哎呀，我什麼時候變得這麼嘮叨了。

此日也是，民乃一邊折疊彌助的裙褲，一邊說了上劍術武館的長子，又說上漢學塾的次子，終於發現屋裡暗下來，點亮了燈，這才出去了。

彌助不厭煩妻子多話。聽民乃那些沒多少內容的嘮叨，就像聽小鳥喊喊喳喳，心平氣和，不覺得聒噪。

妻子出去以後，彌助從壁龕拿過來閱讀台，上面攤開著讀了一部分的韓非子。吃晚飯還有一會兒時間，可是，書上的文字不進入眼裡。心裡塞著曾根金八說的事。

彌助皺起眉頭。

服部邦之助嗎……

這是應該唾棄的名字。然而，這個名字讓彌助想起一個不能忘記的女性。

外婆已經是十七回忌辰啦……

那個人也快要這麼多年了。彌助數死者之後過去的歲月。死者叫美根，是彌助從小喜愛的表妹，她自裁多少年，彌助數自己的年齡就知道。出事是彌助二十二歲的時候，已經過去十五年。

那晚彌助醉了。鎮裡鳥飼坊如今也掛著今枝派招牌的堀江武館結束了夏季練武那一天，學徒都回去了，武館裡只有高徒們圍著師傅堀江三郎右衛門小宴，慶賀沒有人受傷，五天緊張的夏季訓練平安結束。

然後意氣相投的人結伴，再分別去染井坊或不如染井坊繁華但也是菜館茶屋櫛比的尾花坊買醉。彌助和坂口善平出了尾花坊的小酒館「雁金屋」大約是過了晚上八點。好像時間還早，但是從傍晚一直喝，酒已經喝足了。

「咦，戶田哪兒去了？」

坂口這麼說，好像來到外面才發現。進「雁金屋」時還有一個戶田朔之丞。

「戶田先回去啦。」彌助說。「他不是說還要去別的地方，先走一步嗎？」

「是嗎？」坂口不滿地嘟噥：戶田歲數最小，竟忘了鄭重其事地告辭。「沒想到那小子不善於應酬。」

「算了，無所謂。」

彌助勸解坂口。坂口善平在武館的高徒當中席次最低，排在第十二位，身分也不過是管兵器庫之士，食祿五十石，但年長。年齡應該快三十了。

「可，冷清呀。」坂口說。「秋天要遠行嗎？」

「沒法子，必須當見習。」彌助說。

春上父親暴卒，彌助接班，讓秋天開始進騎衛隊見習。

「缺了你，我們武館也就沒人來了。」

「不會的，還有松川，有小柳。」

「松川？我不承認松川。」坂口嚷嚷。也是對松川庸之進心懷不滿吧，坂口說師範代理算什麼呀。「說出來顧忌先生，但是對小柳的三位，牧村的四位，我也有異議。是吧，喂……」

坂口往彌助身上撞過來。被大塊頭衝撞，彌助的身體橫過來。

「我只承認杉內彌助，要記著我。」

坂口又一撞，彌助的身體橫過去。

這時，彌助看見了一個從斜前方門面很大的酒樓裡出來的女人身影。她用頭巾遮住臉，但可知是武家女人。體態年輕，苗條嬌小。正覺得那體態眼熟時，女人回頭看彌助。是美根！

酒樓檐下的燈光並不算亮，怎麼就知道是美根呢，過後彌助想。或許因為醉了，感覺異常銳敏。

總之，彌助知道女人是美根，而美根也知道後面過來的醉漢是彌助。逃之夭夭的背影顯出了狼狽。

「喂，那不是美根嗎？」彌助粗聲粗氣地招呼。「等一下，一個人走夜路不行，我送你。」

但美根不止步，也不回頭。一路小跑，眼看著拉開了距離，轉過了遠處的拐角。真奇怪，彌助納悶。想了想是不是認錯人，但不改確信。

「剛才的是誰？」坂口問。

「姨父的女兒呀。三年前嫁給小鹿坊的橋本，知道近侍隊的橋本雄之進吧，他的老婆。」

「欸……」坂口說，語氣突然支吾了。「橋本的老婆為什麼夜裡從那種店出來。那個酒樓是男女密會的地方，很有名喲，不知道嗎？」

「……」

彷彿洗了一個冷水澡，彌助駐足，回顧走過來的酒樓大門。

彌助說不會吧，坂口發出了快活的笑聲，把彌助拽到附近民宅的屋簷下。

「你刀法行，但這方面太幼稚了。嘿，事實勝於雄辯，讓你看看好戲吧。」

坂口善平嘴裡這麼說，眼睛一直看著美根出來的酒樓。彌助也從他肩後看那邊。估計是要確認隨後有男人出來。

坂口看著前面說：

「橋本現今在江戶駐在，不在家吧？」

「對，可是，趁機和男人幽會，美根不是那種不規矩的女人，而且也沒有那個膽量。」

「那就不知道了。」坂口回頭瞅了彌助一眼，不懷好意地說：「男人哪裡懂女人的心事。」

二人閉嘴，注視映照酒樓門前的昏暗燈影，但沒人從裡面出來。路上也沒有人影，只有遠處隱隱傳來三弦琴聲和很多人拍手唱歌聲。

彌助拉坂口袖子，正要說不是沒人出來嗎，這時坂口噓了一聲，使勁甩開彌助的手。

一個高個子男人慢吞吞走出酒樓「笹舟」的大門。他止步看了看道路左右，隨即朝彌助他們所在的相反方向疾步走去。步履軒昂，轉眼之間身影就消失在道路盡頭的黑暗中。

「就是剛才的人，沒錯。」

坂口說，似乎很有把握。雖然不情願，但彌助也不得不承認這一點。那個人沒有遮掩面孔，但四下裡張望，看樣子是怕人看見。

彌助受到衝擊，問坂口：

「知道是誰嗎？」

「不知道。」坂口搖搖頭。「是年輕人，但沒有看見臉。不過……」坂口一邊開步走，一邊回頭看彌助，嘻嘻一笑。「那點事一調查就清楚，調查嗎？」

「坂口！」彌助猛撲過來，揪起坂口善平的脖領子。酒醒了，臉色發青。

「別管閑事，明白吧！」彌助低聲說。「忘掉今晚看見的。如果向人洩露今晚的事，表妹出什麼事，我就歸咎於你。」

「知道，知道，放手！」坂口使出全身的力氣掙脫彌助的手，摸著喉嚨，氣喘吁吁。「不對人說行了吧，這點事我還不知道？」

「……」

「有什麼了不起，本來是你說出來的嘛。」

此後好多天，彌助豎起耳朵聽街談巷議。心裡如履薄冰。彌助認識的美根是一個風吹草動也害怕的膽小女人，在「笹舟」會男人之類的風言風語一旦傳開來，肯定活不下去。

那個膽小的美根為什麼趁丈夫不在敢做出跟男人幽會的事情呢？不可思議。有什麼緣故，還是經常密會呢？或者只這麼一次，就倒霉被彌助撞上了？種種疑問纏住彌助，但他不要去「笹舟」搞清楚真相，當然也不要見美根。

但願什麼事都沒有，海不揚波。被彌助看見嚇壞了的美根不再會男人，見彌助也做出沒去過什麼尾花坊的樣子。小時候有很多表姐妹，彌助惟獨和美根最合得來。不知何故，美根愛慕彌助，有什麼喜事或法事，親戚聚會，必定糾纏著跟來。有時二人一起藏在美根家房角的大杉樹洞裡，有時美根屏息看彌助殺蛇。

彌助想，日子風平浪靜地過去，在尾花坊看見的事就當搞錯了。然而，事與願違。在尾花坊被彌助看見半個月後，美根以病為由回娘家，當天自裁了。

聽到消息那天，彌助歇班在家，立刻直奔坂口善平家。擔當兵器管庫的坂口剛從藩城回來，聽說美根自殺，果然驚慌失色。

「這又為什麼？」

「那晚的事對誰說了？」

「沒有，沒有說。」坂口使勁兒搖頭。「我一諾千金喲。要是來怪我，彌助，那就找錯門了。」

彌助沉默了。突然明白把美根逼得走上絕路的就是自己。從密會的地方出來被目睹，感到可恥，美根自殺了。

可彌助又認為，哪怕被目睹也不該尋短見。不那樣在大道上叫她，就不至於一死了之吧。本來知道是美根也應該視而不見，卻恰恰相反，大張旗鼓地暴露。彌助覺得自己太愚蠢了。

坂口把陷入無邊悔恨與自虐之中的彌助送到門口。

「到了這時候已經晚了吧，我知道你表妹跟誰了。」

「……」

「近侍隊的服部邦之助。」

「服部？」

「三谷武館的服部，不是跟你較量過一次嗎？」

沒較量過，但彌助很知道服部邦之助。貝殼坊的三谷武館是傳授梶單刀派的大武館。邦之助是那裡的高徒，有名的美男子劍客。

他家的世職是出使他藩的藩使，祿秩三百石，屬於上等藩士。邦之助是服部家老大，出仕近侍隊。刀法且不說，門第、風采都是彌助望塵莫及的。據坂口說，邦之助大約半年前結束了兩年的江戶駐在，剛回到藩裡不久。

或者也可以認為是服部藉故接近丈夫不在的美根，但不知為何，沒心情追根究柢。如何發現了服部，也無心追問坂口。似乎這讓坂口善平很不滿。

「喂，不去譴責服部嗎？」

彌助默然轉身。心裡並非沒有狂怒，但又覺得事到如今，找服部也沒用。

葬禮結束後，美根的母親悄悄交給彌助一個封信。是美根給彌助的遺書，寫著被服部邦之助騙了。寫道：被彌助看見了醜態很羞愧，但是請相信，錯誤只一次。不知服部怎麼欺騙了美根。她的死被人們當作憂鬱症發作而自殺。看樣子娘家也不清楚緣由，彌助保持沉默。

自美根葬禮結束，彌助一點點變得沉默寡言了。並非有懲罰自己這麼嚴重的意思，但心裡盤踞了從世間游離一步的結，於是話自然而然地少了。在彌助心中，悔恨與寡默逐漸平衡了。證據就是因無話而被人無視或者被視為怪人，他會偷偷地覺得心緒安穩。這樣好，他想。

後來聽坂口說，之所以知道美根是跟服部邦之助，因為那之後不久在酒樓「笹舟」前面突然和服部打了個照面，與上次一樣舉止軒昂，那晚跟別的年輕女人，然而，彌助的心情已經不那麼動搖。

不過，作為一個應該唾棄的男人，他的名字留在了心底。

四

淵上家做法事那天，杉內彌助晚九點前後才回到家。歸途被好久不見的遠親拉到家裡去了。

進門咳嗽了一聲，廚房的織機聲停下，民乃出來。以為是女僕豐佳，看來民乃在織布。織布是副業。藩府財政銀根緊，徵借家臣的三成俸祿大約有五年了，所以祿米百石的杉內家也是不搞副業就家計維艱。

「剛才曾根大人來了。」民乃一邊接過刀，一邊說。跟在慢騰騰進屋的丈夫後面繼續說：「說是請今晚送過去，好像是一封信，放下就走了。」

彌助止步回頭，民乃在昏暗的走廊上額頭就碰到了不那麼高的彌助的鼻子。

「送到哪裡？」

「說是巡檢藤尾大人。」民乃抱著刀，回身進了餐室，把放在佛壇上的東西交給彌助，是厚厚的緘書。「曾根大人好像來這兒時打算跟您一起去的。」

「……」

「知道您不在，說這下子不好辦了。想了一會兒，就說能不能託您把它送到藤尾大人那裡。」

「……」

「還說了，當然是打算自己去，但是被人跟上了，去不了了。」

「被跟上？」

「是的，所以還說讓您也千萬小心。」

彌助抓過刀，站起來，下到門口。民乃突然用緊張的聲音叫道：

「您不要緊吧？」

「不用擔心，把門鎖好。」

彌助和藹地說，回身輕輕把手放到民乃肩頭，然後走出去。自從美根死後，彌助就覺得世上活著的女子生命可愛而可憐，對已經生了五個孩子的民乃也不例外。

但出了院門，來到外面，彌助就摘下刀帶，隨時可以拔刀。若無其事地掃視了門前道路，沒感到有人。

夜氣濕漉漉，傍晚陰起來的天空可能夜裡要下雨。巡檢藤尾外記的宅邸在近江坊。彌助想，並不那麼遠，曾根來到這裡卻不去了，一定是感到相當危險。

彌助想起曾根金八說村甚的女兒當了內膳大人的養女。內膳大人是與藩主家有血緣關係的榊原內膳。榊原家俸祿才三百五十石，沒有職務，但世家無疑。村井屋甚助雖然是富商，卻終究不過是一個放貸的，把女兒塞給名門之家做養女，可想而知，那要花很多錢活動。並非隨便對外張揚的事情，恐怕是極其秘密地進行的，金八竟知道。

金八他……

彌助想，看來金八參與得相當深。如果像他此前透露的那樣，金井派與大橋派對立激化，那麼他肯定在漩渦當中活動。

進了近江坊，這片住宅區一點燈影都不見。轉過一個拐角，彌助從頭數房屋，估計下一個是巡檢家，這時，黑暗中倏然白刃一閃。彌助拔刀格開，一個人影像蝙蝠一般從右飛向左。不容喘息，第二把白刃襲來。敵人好像是兩個。

這次彌助從容避開了襲擊。沉下身體，反過來用刀背擊打對方。應該打在了腿上。被打的敵人呻吟。另一人便轉到正面猛劈過來。一步步劈過來的刀挾風作響，兇狠有力，彌助凌厲反撥。

彌助反撥的刀裡藏有熟練的招法。對方手發麻，駐足不前。抓住這一瞬間，彌助敏捷踏進，無聲地劈砍對方肩膀。用的是刀背，砍中的手感很充足，對方大叫一聲，踉蹌後退。

似乎這時襲擊者終於嗅出交手的異常。一人喊道：情況不對呀。

「認錯人了吧？」

彌助右手拎著刀，直挺挺呆立。幾乎氣息不亂。比闇夜更深的沉默令襲擊者不知所措，似乎終於想到了什麼。

「是杉內吧？」一人毫不掩飾驚愕。「不說話的彌助吧？」

「這可糟了！」

襲擊者們張惶低語，突然響起慌亂的腳步聲逃去。可知其中一人是拖著腿。彌助側耳聽了一會兒，確認了情況以後收刀入鞘。

來到巡檢宅邸，似乎等信等得如熱鍋上的螞蟻，藤尾外記親自出來了。見門口不是曾根金八，而是彌助，藤尾很意外，犒勞彌助，說進來喝盃茶吧。巡檢家這個時候好像還有客人，擺著幾雙鞋。

彌助謝絕，匆匆出了宅邸。心裡產生了強烈的掛念。

在巡檢宅邸附近乘黑夜襲擊的人當然是伏擊金八。而且從方才無須多言的做法來看，無疑是要殺掉金八奪取封函。

彌助擔心金八的安危。金八有鬥志，但劍術平平。他從小進的是傳授小栗派劍術與柔術的小武館，門徒經常只有十來人。在獵師坊盡頭，柱子似乎都歪斜了，不用說，騎衛隊裡只有金八上那種武館。

金八他……

逃過一劫，彌助想。但究竟怎麼樣，不確認放不下心來。彌助沿夜路直奔金八家。

一叫門，好像在等待這聲音似的，曾根金八的妻子從裡面出來。

「曾根呢？」

「剛剛被人叫走了。」金八的妻子說，聲音裡含有無法形容的不安。她也深知彌助不愛說話。在彌助張開一向緊閉的嘴之前繼續說：「說是金井大人派來的，但我丈夫顯得很不情願跟他一起去。」

「長什麼樣？」

「個子高，一表人材，年齡跟我丈夫和您……」

沒聽完，彌助忽地轉身。來的人是服部邦之助。金八的妻子沖彌助的後背喊杉內大人。

「我丈夫不要緊嗎？」

正要跨出門檻的彌助被喊聲止住，返回來輕輕拍了一下長跪在地板上的金八妻肩頭。燈光映出嬌小身形，秀美的長臉龐，恍如看見了二十歲就死去的美根，彌助盡量用明快的聲音說：

「我現在就去看看。」

出了金八家，彌助在夜幕下的街鎮疾奔。估計服部把金八帶到大橋源左衛門的宅邸去了。看來金八確實在眼下藩內政爭中相當起作用，抓住拷問，大橋派就能從金八口中得知對手的動向。

彌助希望是這樣，但心裡總覺得不會就這麼簡單了事。擔憂加快了他的腳步。

來到河邊的路上。大橋中老的宅邸就在過了橋的對岸。河面光亮朦朧，黑乎乎能看見那座橋了。這時彌助的眼睛發現橋前邊地上隆起的東西。緩步近前，一股子血腥撲面而來，已明白地上隆起的東西是什麼。

仔細掃視了河岸以後，彌助探摸曾根金八跪倒的身體。已經斷氣。從左肩到肋骨斜劈的一刀足以致命。血基本不流了，身邊淤了一大攤。大概敵不過也交鋒了，出鞘的刀丟在身邊不遠的地方。

彌助考慮，直接報告大監察呢，還是把金八弄回家？最後，他把金八揹到背上，順來路返回。

過了半個來月，巡檢藤尾外記來彌助家，鼓動他參加金井派，但彌助拒絕。說了不敢從命就再也不吭聲，巡檢厭煩，匆匆打道回府了。

關於曾根金八被殺，大監察三番五次詢問，儘管彌助露骨地暗示兇手是服部邦之助，但一天天過去，一點也沒有服部被逮捕的跡象。顯然大橋中老方面很快就讓大監察加以遮掩。

入秋，金井派的人接二連三被趕下藩政要職，藩政中樞完全被大橋派佔據，只留下一個首席家老殿村權兵衛，他不是金井派，也不是大橋派，人稱瞌睡權兵衛，是無能的標本。久任次席家老，在藩政上大顯身手的金井甚四郎因兒子行為不軌，在發生曾根事件之前引退，眼看著金井派退潮，無計可施。

秋深時節，突然村甚即村井屋甚助當上了司農次官，俸祿二百石，讓人們愕然。藩府決定明春在神川郡內大規模開墾新田，據說起用村甚是因為他承包了一切事業，包括屆時的開墾費用在內。村甚此前屢次向藩府獻金，被允許稱姓、帶刀，給祿十石，而這次正式弄到了中等藩士的身分。

明年等藩主從江戶回藩，要重新拿出藩政改革方案，在這種流言中又到了年底。

五

村甚的總管仁兵衛深夜商談回來，吹滅了提燈，正要打開便門，冷不防被旁邊抓住了胳膊。他不由地要發出驚叫，但被威嚇不許出聲，閉上了嘴。

從闇中出現的人把仁兵衛拽到對面不遠處的油店簷下。抓著胳膊的人的手指有鐵鉗般的力氣，仁兵衛既不能掙脫又不能逃走。

簡單點說吧，那個人說。是一個武士。

「聽說村甚借給大橋源左衛門、榊原內膳、服部邦之助很多錢，給我調查一下是多少。」

「調查那個幹什麼？」仁兵衛說。

仁兵衛有五十歲，長年與村甚苦樂與共，是一個老油條。知道武士並非取他性命，有點恢復了鎮靜。

「幹什麼與你無關。總之，剛才說的三個人從什麼時候開始每年借多少錢，現在共計有多少，怎麼抵押，調查寫出來交給我。」

「我能幹那種事嗎？」仁兵衛冷冷地說，「放債的人對外洩露了主顧的事情，買賣就完了。」

「給我幹！」武士又用平靜的聲音威嚇。「要是不幹，就把你在傳馬坊納妾的事抖露給村甚，那也沒關係嗎？」

一句話使仁兵衛身體微微顫抖起來。他瞞著店裡的人，瞞著老婆，在傳馬坊的民宅養了一個小妾，把店舖的錢挪用。

這件事發生在年初，過了一個來月，二月頭上村甚在染井坊的酒樓「立花」的裡間會見大橋源左衛門。

「您看了改革方案嗎?」村甚說。

村甚膚色白皙,儀表堂堂,確實像是個藩內出名的放貸人。說話也文靜。

屏退旁人,二人對酌。

「讀了,但有點太過分了。」大橋說。他紅了臉,好像已經醉了。「儉約令可以,祿米徵借一律增加一成,有些人難以接受吧。」

「不能憑家老的威光來推行嗎?」村甚說。金井家老引退後大橋由中老晉升為次席家老。「藩庫空空如也,改革方案也不過是畫餅而已。」

「但改修港口,按方案投錢進去就該出問題了。」

「為什麼?」

「現在用一千石的船行商的只有伊坂屋一家,那個伊坂屋負債累累,聽說店的實權掌握在你手裡。花大筆費用改修港口,要是知道利只被你撈去,也會有人鬧事吧。」

「不只是我吧,總歸對藩有好處。」村甚伸胳膊給大橋斟酒。「而且,既然提出了改革方案,就應該讓我賺一點。」

「賺,單是承包新田開墾不就夠了嗎?執政會議決定讓你承包,但有人說,如果招標的話,也會有費用更便宜的承包者。」

「誰呢？」村甚歪頭想。「越前屋吧。可是，越前屋不可能那麼輕易動用萬金吧。」

「因為借了你的錢，有了短處，所以沒法子，但總覺得好像讓你賺過頭了。讓你承包新田開墾，最近也有點後悔。」

「又說那種小心眼的話。」村甚用女人似的尖聲笑了。「如果開墾成功，我回收本利也馬上有賺頭，絲毫不用擔心嘛。」

「……」

「而且，家老，賺錢每次都不忘分給您……」

村甚說到這裡，隔扇外面有聲音說：欸喲，真稀罕，你也來這種店。大橋和村甚面面相覷。拉開隔扇進屋來的是服部邦之助。他來到二人旁邊，說來晚了，便坐下。

「誰在屋外？」大橋問。

大橋臉上好像醒了酒，村甚閉著嘴，用尖銳的眼光注視服部。

「沒什麼，只是在那裡碰見一個姓杉內的人。」服部邊說邊拍手，遠處響起店家答應的聲音。

「不知道吧，叫不說話的彌助。看來不知道。不，不用擔心，杉內彌助這個人跟金井派沒關係。」

店家端來新飲食，三人又回到酒上。這晚再沒提過杉內彌助的名字。

藩主回藩裡半個來月後，親自蒞臨，家臣全體出席，大橋家老宣布了司農次官村井屋甚助擬定的藩政改革方案。

大橋宣布完，會場有一點嘁嘁喳喳。神川郡新田開墾等藩內興辦事業的方案且不說，包括徵借要增加一成在內的嚴厲的儉約令好像引起了不滿，議論紛紛。

然而，大橋源左衛門怒目環視會場，說，對此案不滿就說出來，滿場登時鴉雀無聲了。牢騷歸牢騷，藩財政貧困是無人不知的事實。嘈雜平息之後，一片死氣沉沉。

大橋昂然得意，放開了嗓門：

「有意見就趁現在提出來嘛。要是沒有意見，就認為對此案無人不滿意……」

這時，有人說請等一下。人們一齊看出聲的主兒。發言的是杉內彌助。

「我反對剛才的方案。」

彌助說，這回執政們就坐的席間嘁嘁喳喳了。瞇起眼睛，大橋家老看著彌助。

「你叫什麼？」

「杉內，騎衛杉內彌助。」

有人嗤嗤發笑。這一來好像大橋也意識到，笑嘻嘻對彌助說：

「是不說話的彌助嗎？」

會場裡這回肆無忌憚地哄笑。失笑的大概未必只限於大橋派的人。彌助說話是好似牛說話的珍奇現象。上座的執政們也交頭接耳，露出白牙笑著。

「因為准許陳述意見，所以想暢所欲言。」不管三七二十一，彌助說：「反對的理由是聽說這次的改革方案是村井屋甚助的方案，但我認為像左右一藩今後的改革方案這樣的東西不應僅限於一個人的方案，要向家臣廣求良案，慎重審議。下面說另一個反對的理由……」

彌助說起話來雖算不上能言善辯，但頭頭是道。在場的人也有頭一次聽到他的聲音的。笑的人已經一個也沒有了。大家好像被意外的事態震動，側耳傾聽。

「另一個反對的理由是立案者村井屋與身居執政之職的大橋大人過分勾結了。」

彌助的話使會場裡像結凍一樣闃然無聲，只有他的聲音淡然作響。

「仔細研究一下改革方案就馬上能明白，說是開墾新田，說是改修西浦港，全都是滋潤立案者村井屋甚助腰包的內容，這只能是剛才說的勾結太過分所產生的弊害。」

「等等，杉內！」大橋家老站起來，勃然變色。「你從剛才就勾結勾結的，玩弄毀謗他人的言詞，憑什麼說勾結，再說得清楚點！」

「說也不介意嗎？」彌助略微搪塞了一下。從不說話的彌助豹變，出人意外。「恕我冒昧，家老大人欠村井屋一大筆錢。借債誰都有，不足為奇，但是把主君恩賜的采地拿出去抵押，這算怎麼回事呢？」

「……」

「要是說我說的徹頭徹尾是毀謗誣蔑，那就詳細說說債款……」

「好了，杉內，到此為止。」

突然用嘶啞的聲音這麼說的，是瞌睡權兵衛，即殿村權兵衛。他膝行到藩主旁邊，用扇子掩嘴，低語了什麼事情。於是藩主起身，默默走出了會場。

殿村返回原來的席位，一副不能夠再睡的樣子，扯開嘶啞的嗓子說：

「既然杉內銜著大橋家老說這些事，有確鑿的數字吧？」

「有。」

「好，大監察在嗎？」

殿村把大監察市村瀨左衛門叫到自己的席位旁，趕緊商議了一番。然後大聲宣布，本日的會議到此結束，都可以下班回家。指揮得當。

「杉內彌助留下，還有大橋……」殿村用銳利的眼神瞪一眼大橋源左衛門，拿出首席家老的威嚴說：「回頭大監察帶兩個人去你宅邸。不許外出，在家裡等著。唉，早年間遇到這種時候都泰然處之。」

大橋家老下台了。由大監察的調查判明，他不僅向村甚借了太多的錢，債台高築，像杉內彌助指出的那樣拿采地當抵押，而且作為讓村甚漁利的回報，收取了莫大賄賂。

村甚斷送了司農次官的職位與二百石俸祿，又退回原來的十石。服部邦之助被解除藩使之職，與大橋家老一樣世祿減半，並處以在家禁閉五十日，原因是給金井家老的兒子設套，構陷家老，並且雖無證據，但涉嫌殺害曾根金八。大橋派紛紛落馬，金井派復歸要職。

炎夏過去，風有了秋意，一天傍晚，杉內彌助歇班在家，有人來訪。是服部邦之助。

「出來一下，到那邊談談。」服部說。

彌助翻身進屋拿刀，追服部出來。對憂色滿面的民乃說了一句馬上就回來。

服部走在前面，匆匆穿過街坊，來到鎮外的臼井川岸邊。

「這次被你一個人給整啦。」服部依然背對彌助往前走，說道。「大橋派也垮了。」

服部終於站住，回頭看彌助。一邊說，一邊從懷中掏出帶子束起衣袖。彌助默默看著。

「大橋源左衛門不能東山再起了，恐怕。大橋派有遠大計畫，那也泡湯了。」

「……」

「我也不能東山再起了。」服部低聲笑了笑。「世祿變成了一半，對不起祖先。不會再見陽光了。」

「……」

「最近村甚催債催得緊，真是吃不消。那老爺子厲害。家臣好像掉進了村甚的醃菜桶裡，你沒借嗎？」

「……」

「就這個緣故，好歹禁閉解除了就想來拜訪一下。比試比試吧。」

服部邦之助刺溜溜後退，拉開間距。然後說，你又變成不說話了嗎。彌助說沒有。

「你記得叫美根的女子嗎？」

「美根？」服部歪頭想了想，一瞬間露出莫名其妙的神情。「是誰呢，不知道。」

「哼，算了。」彌助說。

二人幾乎同時拔出刀。太陽落到原野那邊的丘崗後面，但天空和地面還明亮。

不是說今枝派修練夜視的工夫嗎，服部說。語調快活。

「所以，要趁天亮決勝負嘍。」

服部腳踢青草奔過來。刀幾乎水平地扛在右肩。彌助擺出刀尖直指對方眉宇的架勢。隨著接近，服部的臉變化了，嘴裡咬出泡沫，三十過半猶英俊的容貌變成惡鬼相。

服部逼近到兩丈之處，彌助把刀尖朝下，踏步上前。傾斜著身體，刀向上揮，交錯而過。有狠狠砍中了側腹的感觸。踏住腳迅疾回身，只見服部向前撲進草叢裡。

彌助手摸肩頭，穿的衣物破了，手指上霑了一點血，是輕傷。服部一動不動了。彌助開步，去報告大監察。返回黃昏降臨的河邊，彌助不可思議地有一種現在特別想跟誰說話的心情。

咋咋呼呼的半平

かが泣き半平

有一個方言叫咋咋呼呼，指的是稍有痛苦就鬼哭狼嚎地張揚，向周圍訴說。這個象聲詞的由來現在一點都不清楚，翻看辭書，說是高鳴，就是嘎嘎叫的意思，並且引《萬葉集》卷十四的「築波嶺上孤鷲鳴，但聞嘎嘎不見影」這首歌為例。或許咋咋呼呼就是從這兒來的。

不過，方言的咋咋呼呼好像與辭書說的高鳴有一些微妙的不同。

譬如，說某人咋咋呼呼，話裡含有一點瞧不起咋呼的人的韻味。總之，向周圍毫不顧忌地泣訴或抱怨，沒耐性，對此的輕視與兀鷲之高鳴略異其趣。

從以上內容來說，方言的咋咋呼呼似乎表記為悲鳴較為正確，土木工程隊的鏑木半平即屬於悲鳴。

土木工程隊也有管帳的，那五個人成天在外城公務所的土木工程隊房間裡記帳打算盤，或者整理向財務部門提交的文書，而土木工程隊的其他人大都是野外工作。

而且工作地點偶爾在近處，如修復藩城裡面的建築、石牆、城濠，或者修繕家臣宅邸，但多半是遠離市鎮，去修整離藩城三十多里的箭伏川土堤、鋪築藩內的主要道路、重新架設橋樑之類。

土木工程隊的任務是圈定工作範圍和監工，雖說並不夾在民工中挑筐運土，但當然也不能讓民工幹活，自己躺在樹蔭下養神。整天站著，東指西指，即使不挑筐，但是搬大石頭也要伸手幫一把，風吹日曬，從箭伏川土堤工地回來便筋疲力盡。

修築工程有天不黑不收工的習慣，等回到鎮上，在藩城執勤的人早就下班了。雖然尤覺餓得慌，但身為武士像鏑木似的逢人就說累呀餓呀，那成什麼了，所以半平一開始咋呼，隊裡的人多半都拉下了臉。

周圍拉長臉，小頭目婉言勸他改改聒噪的壞毛病，應該說還是有一線希望的，近年就再沒人出耳朵聽半平咋咋呼呼了，只是冷笑，當耳邊風。

而妻子勝乃，聽半平咋呼也不會冷笑。

「哎呀，累了，累了，呀，不行了。」

剛過三十的鏑木半平大抵跟這種老氣橫秋的獨白一同進家來。

勝乃從後面的廚房說您回來啦。聽見這一聲，五歲和三歲的兩個孩子從起餐室跑出來，跪在門口迎接父親。兩個都是女孩，半平非常疼愛孩子們。

摸摸她們的頭，然後坐下解草鞋。

「今天太熱了，這麼熱可真受不了。」好像說給背後的勝乃聽，半平提高聲音。「還幫著民工往車上裝木料，把手都壓了。哎呀呀，太疼啦……」

半平張開左手，舉起來，衝著從裡面射過來的光亮照看。小姊妹擔心地注視父親的手指。

「這可嚴重了，無名指的指甲一半變紫了。」

「啊，洗洗吧。」

出來的勝乃把水盆放到半平腳下，讓孩子們進去。半平又對妻子訴說：

「指甲紫了。」

「啊，那可不得了。」勝乃說，但看也不看半平張開的手指，馬上說起別的事。「您這麼累，對不起，從房後搬過來兩捆柴吧。想傍晚之前拿進來，卻忘得一乾二淨。」

「好。」半平說。

半平把解了一半的草鞋帶重新繫上，出到外面。柴堆在房後簷下。那裡完全黑了，半平走過去，蟲子朝他臉上猛撲。

迫在眉睫，他出手抓住飛蟲。不料是一個放屁蟲，放出一股子惡臭。

「唉呦，唉呦，唉呦。」

一連聲地叫著，把蟲子丟回了黑暗的草叢。腳下嗡嗡叫。半平摸索著把手伸到柴垛上。

真是個薄情的女人……

驀地想，指的是勝乃不看他變色的指甲。

不過，半平並不特別計較這件事。咋咋呼呼一半是無意識的毛病，說過之後大致就忘了。

大概勝乃忙著準備晚飯吧。而且勝乃肩上死死地壓著照看半平的老母和兩個孩子，有空還得搞副業。

半平也明白，即使不搭理老公的無聊抱怨也不能說勝乃是壞老婆，再說已經過了指甲最疼的時候，況且又不是這麼大的人不能忍受的傷。

可總有點美中不足。半平的父親鏑木半左衛門雖然在俸祿微薄的土木工程隊當差，卻是得到心極派真傳的劍客，半平三歲就被拉到院子裡練棒。練習時跌倒或者被打，小半平想哭，但是怕父親，一直忍著，練習完了之後，母親背著父親，一邊哄著說摔摔結實，一邊給他揉疼處。這樣就覺得疼好了點。

不至於想讓勝乃哄，但她好像應該再說點什麼。半平邊想邊護著疼手指，用一隻手拿下來兩捆柴，一捆夾在腋下，一捆用右手抓著回屋。

二

天熱得工間休息時會急著找稍微涼快的地方，爬到樹蔭下、東西後面，這樣的夏季也終於快要結束了。

不過，季節的推移不是眼睛看得見那樣明顯。太陽照耀，晝間仍然熱，但裹挾炎熱陽光的風已經不是盛夏的了，時而帶有領口處起顫似的涼爽。晝間這點熱也容易躲避，早晚不知不覺有了秋意。

三年前的秋天和去年秋天，箭伏川在橫津村地域兩度潰決，今年堤防進行了大修。從去年秋天就一點點動工，差不多耗時一年，工程也終於將近結束。土木工程隊把沿堤各村徵集的日工遣回村，剩下的工作交給長期僱用的民工。到了這個階段，總算能趕在大風大雨襲來的秋天之前修補加固堤防。

工作看見了盼頭，工地到處都產生一種鬆了口氣的氣氛，午間休息時民工們得到允許下河裡洗澡。箭伏川河面寬約十餘丈，除了雨季，碧水彎彎曲曲流經乾爽的白沙洲之間，水波不興。

民工們洗了身子，又悄悄潛水玩耍，眺望那恬靜光景，難以想像這是條接連兩度潰堤氾濫的不馴之河。總之，工程順利進行，工作上再沒有難關了。

這一天早班來工地的鏑木半平和兩名同僚被允許提早返回鎮上，也正是因為工地已經是這種情況。只有長工幹活的工地上不用揮鋤到天黑了。

太陽尚未落盡，半平三人就走進了街裡。

「哎呀，累了。走到這裡真累壞了。」

半平咋呼。河岸道路在流經鎮內的大堀川邊走到盡頭，三人止步。

「欸，然後怎麼辦？」不理睬半平的咋咋呼呼，恩田又助說，看著二人的臉。「回家有點早，去白粉小路那裡喝一盃吧。」

恩田又助四十歲，好酒。他的臉頰、鼻頭染上了不同於日曬的紅色，好酒表現在臉上。雖然抱怨喝酒使得家計維艱，但他好像什麼時候懷裡都藏著酒錢，隊裡的人常覺得奇怪。

河岸的道路往右通向藩城的大手門，往左有一座河鹿橋，便過到對岸。又助說的白粉小路在沐浴夕陽而通紅如燃的對岸街坊的深處，小酒館櫛比，正如其名，有白粉香味嗆鼻的女侍，上等藩士一般不會去那裡，但可以隨隨便便，酒又好，像又助這樣眷顧的人也不少。

半平和另一個同僚對視了一下，半平先搖頭。

「啊，我要去公務所。」

這是真的。隊裡每五天要向財務部門報告堤防工程進度情況。口頭就可以。工程費用增加，財務部門非常怕所需費用超出土木工程隊提出的預算。

半平去外城的公務所就是辦這件事。對岸路上稀稀落落已見從藩城放工的武士身影，沒工夫去白粉小路。笹井說他也不能去。

「孩子有病，必須早回去……」

「現在的年輕人不愛應酬呀。」

又助說，不生拉硬拽。即使自個兒也不改變去喝的意思，簡單說了句那我走了，就快步朝河鹿橋走去。

「孩子病了嗎？」

送走了又助的背影，半平回頭說，笹井兵藏苦笑。

「啊，夏天著涼。沒什麼大事，但不那麼說，恩田貪杯，陪起來沒完沒了。」

「那倒也是。」

二人開步。他們正走在商店街，河岸這邊只有兩片街坊，商店街夾在武士住宅區當中，河邊路上也有賣青菜、酒餚的大商店。因為是傍晚，店前熙攘。

這樣走著，半平聽到一聲怒吼與人們的嘈雜。吃驚地抬起頭，只見一個武士把一個不大的孩子像狗一樣摔到地上。孩子立刻哭起來，大概是那孩子的母親的年輕女人撲過去把孩子護在懷中。

武士有三個。半平一看就明白他們是主人、跟班的家臣和老年僕役。可能是那個跟母親來買東西的女孩子從前面橫過，碰撞了魁偉的主人，跟隨的家臣就抓起孩子拋到路邊。家臣還年輕，塊頭比主人更大。

母親抱著孩子，把頭幾乎叩到地上道歉。本來事情這麼就算完了吧。

這也太沒有大人樣了！

半平對那個摔孩子的年輕人極為反感，駐足觀看事情的發展。這時雖然還相隔好一段距離，但也知道身為主人的武士是誰了。

守屋采女正，藩主家同宗。據說雖然是同宗，但除了列名為家老，出席重要會議而外，很少進藩府。不過，家老一職也並非虛名，在藩內不動聲色地握有發言權。

倘若他過來這邊，必須退到路邊致敬，正當半平做好準備時，人群又一次發出極力抑制的驚叫。踮起腳來看，從遠遠圍觀的市人當中露出年輕家臣的身影。大塊頭的家臣抬腳踢那個蹲伏在地的母親。

半平察看采女正的面容。太遠看不清表情，但不像在制止家臣。好像是面無表情地瞧著打罵。半平詫異，母女究竟怎麼對采女正無禮了。

只見母親的身體被踢飛，抱著孩子骨碌碌滾向河邊。觀看的女人們發出尖銳的慘叫。但是怕武士，誰都不敢伸手。

「給我拿著。」

當機立斷，半平把大小兩把刀從腰間摘下來，交給笹井兵藏。笹井臉色大變。

「不要管，半平，過後會麻煩。」

「啊，我不還手就是。」

丟下這麼一句，半平跑過去。衝進人圈當中，向采女正一禮，敏捷地從後面抱住年輕家臣的腰。

「打罵差不多就行了吧。」

半平從後面小聲說，家臣回頭看，只低低哼了一聲。他身材高大，半平覺得像緊緊抱住了一株巨樹。

突然，家臣轉動身體，半平的身體輕飄飄飛起，腳離地擺動。接著強大的指力掰開了半平的手，半平的身體一下子落地，止不住勢頭，在乾燥的地上刺溜溜打滑。

好像那姿態顯得很滑稽，看熱鬧的人們剛才見母女被那樣打罵而發出驚叫，現在卻沒心沒肺地嘻笑了。半平躍起，跑過來跟個子高他一頭的家臣死死扭在了一起。

不過，與其說那是扭在一起，也許應該說是被對方抓住。年輕家臣臉色絲毫不變，一使勁就抱起了半平。半平的腳又懸空了。家臣急急忙忙，就要把半平的身體扛到肩上。

這時，采女正第一次出聲：

「塚原，到此為止。」

家臣聽了，用力把半平拋到地上。被拋出去之際，半平敏捷地踢了家臣小腿，家臣頹然膝蓋著地。叫塚原的家臣也不摸被踢的地方，跟采女正一起離去。

腰被摔得厲害，半平一下子沒起來。

「唉呦，這傢伙夠疼的，受傷啦。」

半平咋咋呼呼。武士大人不要緊嗎？尋聲一看，披頭散髮的年輕母親爬過來。一個估計才兩歲或三歲的女孩子從母親懷裡愣愣地盯著半平。

「啊，不要緊。妳沒傷著吧？」

半平抬起上半身，揉著腰。笹井過來，默默把刀交給他。

三

這件事發生之後不到一個月，箭伏川堤防工程完成了。竣工之前，一夜暴風雨襲擊藩內，箭伏川漲水沒了石牆，濁流兩天兩夜擊打堤岸，但補強加固的厚厚的堤防安然無恙。

最後，財務總管、郡鄉總管，還有半平們的上司土木總管及屬員一行視察新堤防，箭伏川工程正式結束。視察之後隔了一天，土木工程隊參加堤防工程的的人被叫到藩府的桐之間，家老、中老在座，值班家老好言勗勉，給了酒、烏魚乾、一包餅乾。這可是近年沒有的事，看來以前箭伏川大潰決，流域千餘畝水田或者被沙土掩埋，或者枯穗，還死了人，這兩次災害引起藩府重視，因此為這次大修工程的完成而慶賀。

土木工程隊返回公務所，由總管關照，借所內的會議間，那天沒工作，喝了賞賜的酒。在公務所廚房幹活的女人們烤了烏魚乾下酒，雖然酒宴很簡素，但下午兩點多就開始了，大白天喝酒很來勁。快結束的時候聲音也大了，以至其他部門的人跑來看出了什麼事。

「鏑木，再陪我去白粉小路喝怎麼樣？」

恩田又助來到旁邊說。當頭兒的事先說過了，可以不等時間到就下班走人。有人抬起屁股要走了。

「笹井說今天去。這點酒只是勾起酒癮，真不想回家，嗯？」

又助把酒紅臉湊過來。這個嘛，半平嘟噥。他不大能喝酒，在這裡喝就已經足夠了。而且，長期工程的疲憊現在都出來了，腰瘦腿疼。可能的話，真想直接回家睡一覺，但以前躲掉了一次，所以不好再拒絕邀請。找笹井兵藏，他衝這邊笑笑。看來是像又助說的，他打算今晚去白粉小路。

那就去吧，話還沒說完，半平的救星出現了。屬員關口甚兵衛過來，說：

「鏑木，你回去時繞一下吧。」

賞賜的酒、烏魚乾、餅乾，除了參加工程的土木工程隊，還給了兩家長期僱用的民工。這是有原因的，兩家都是在三年前的秋天箭伏川第一次決堤時死了人。那是在暴風雨裡拼死搶險之際，藩府沒忘記此事，特別發了獎勵品。

三合酒，一枚烏魚乾，連木盒之類也沒用的一小包餅乾，名義是藩主賜下的。箭伏川搶險時發生死難的人家應該覺得是一種榮耀，歡歡喜喜。因為工程結束那天，以土木總管的名義給所有在工地幹活的長工發了酒錢，所以藩的作法就此來說也是得當的。

半平跟又助等一起出了藩城，來到大堀川岸邊的路上分手，過了橋。斜陽輕柔地籠罩對岸的街巷房屋，緩緩映照著順河而下的貨船，而此岸的房屋石牆被濃重的陰影包裹，那影子伸到河當間。風景不知不覺完全是秋意了，淡淡陽光下走路的人顯得很小。

過了橋，半平沿著河往上游走了一段，中途向左轉，進入市人住宅區。要去的是桶屋坊的民工家。長期僱用的民工和木匠住的長筒子平房在鎮上有兩處，另一處在鎮北頭的寺前坊。

兩處平房住宅各死了一個人。寺前坊那邊有別的人順便去，半平去的只是桶屋坊的長筒子平房。

關口甚兵衛說，一問朝太家在哪兒就知道，但到了這裡一看，不用問就知道了。

長筒子平房有三棟，進了樹籬入口，正面並排兩棟，右邊還建有一棟，與正面一棟相向。朝太家是正面兩棟中離入口最近的一棟。

太陽就要落下，一大片住宅區飄蕩著淡藍暮色，家家開始準備晚飯了，煙味刺鼻。一群孩子從半平身邊跑出住宅區，大概是要在外面再玩到天大黑。

從敞開著的外廊打招呼，出來一個年輕女人。是見過的女人，半平不由地瞪目結舌地注視女人，女人好像也立刻認出了半平。

「啊呀！」叫了一聲。這女人原來是一個來月前，半平在河岸路上從守屋采女正的家臣手下救過的年輕母親。

半平說真是巧遇，二人愕然互相注視了片刻，都趕緊說話。

「那天多虧了您……」

「後來沒事吧？」

兩個人同時開口，不禁有一點慌亂，尷尬地相視而笑。半平這時才發覺眼前的年輕女人是一個大美人。眉眼俊俏，口唇小巧，是一個還保留著少女風貌的小個子女人。

「先說一下來意。」醒悟過來，半平自報了姓名。「妳就是朝太家的吧？」

「是的。」

「給妳送來了藩主賜下的東西。」

半平說了來意，交付了帶來的東西。女人惶恐地道謝，說這就上茶，請在這裡坐一下，退回裡面。不一會兒裡面傳來敲鉦聲，大概把東西供在了佛前。

半平在外廊坐下來。本打算東西送到就馬上回去，但人家說上茶，就變了主意。當然也因為那女人是一個美人，讓人覺得就這麼回去太可惜了。

半平想，雖說對方是寡婦，但多少有緣，喝碗茶閒聊幾句也不至於被人責怪。他沒意識到，這麼想的情緒中混雜著土木工程隊的飲酒後殘留的醉意。

「讓您久等了。」

女人端來了茶和茶點。茶點是醃蘿蔔和淡醃小茄子。用醃菜當茶點，這可是武士家裡沒有的習慣。

嘗一口試試，醃蘿蔔很好吃。可能小茄子更好吃，半平心想，這下子心情放鬆了。

「這是妳醃的嗎？」

「是呀，也許不合您口味……」

「哪裡呀，好吃極了。」

「請多吃些。」

半平大把抓起茶碗，咕咚咕咚喝了茶。飲酒之後嗓子乾，茶也好喝。

放下茶碗，瞧瞧昏暗的房內。

「家裡好靜啊，再沒別人嗎？」

「沒有，就我和女兒兩個人。」

「那可冷清吧。」半平說。

長年被僱用的民工和木匠從藩府領祿米，而且原則上世襲，大概因為工作是承擔藩城內建築或工程。所以，丈夫因公死亡也不用擔心祿米立即停發，或者被趕出長筒子住宅，但那也應該是有限度的。半平想，恐怕熬不到像是才兩、三歲的女兒招婿，早晚這個漂亮寡婦要嫁人。

「必須招女婿吧？」

「是的，再過十年。」

「不，說的是妳，不是妳女兒。」

「不會的。」朝太的老婆使勁兒搖頭。「根本沒那個心情。」

「但是慢慢就有人來提親吧。」

看來這話竟然說中了，女人低下發紅的臉，而且趕快換了話題。

「箭伏川的工作全完了嗎？」

「總算完了，所以今天喝了一盃賞賜的酒，啊，累啦，累啦。」拿手的咋咋呼呼開始了。「幹活的時候不大覺得，可疲勞好像都攢下了，一完就一下子出來了。」

「就是的。」

「肩膀疼，腰也疼。」

「稍微揉揉吧。」

朝太老婆這麼說，就轉到半平身後，隨便把手放到他肩上。看樣子把咋咋呼呼當真了。半平嚇得一哆嗦，這要是被人看見就不好收場了。

「不不，心意我領了，但已經吃了東西，不能再讓你揉肩，該走了。」

「我過去總幫死了的老公揉，揉得很好呀。」

女人毫不把半平的介意當回事，放在肩頭的手指立刻使上勁。果然手法很不錯。好像摸到疼痛之處，按得有一種說不出來的快感。

「前些日子救了我，還沒有道謝，就讓我給您揉揉肩吧。」

「是嗎，欸呀，不好意思。」半平說。

被揉得肩頭疼痛減輕了，這種舒服不用說，漂亮女人認真接受自己平時不被人理睬的牢騷，熱情體貼，真教他感激涕零了。

半平出了簡陋住宅區的時候，天完全黑了。酒醒了。

哎呀呀……

幹了件荒唐事喲，半平想，要上路時不由地躡手躡腳。

雖說並沒做特別的壞事，只是讓女人揉揉身體，但半平不能不深深反省，人家一說就進了屋裡，不光肩膀，還躺下來揉腰腿，這是打什麼主意呢。明知道人家只有年輕寡婦和女兒，進屋給揉身體之類的，這要是讓周圍知道了，半平受上頭批評是當然的，朝太寡婦也不會沒事。

「哎呀呀……」

這次半平叫出聲，搔了搔脖子。總算沒人發現，不禁鬆了一口氣。

因為有三分醉意嘛，半平給自己的不可思議的行為找了一點理由。然而，他也知道事情不可能僅此就一筆勾銷。再怎麼有醉意，倘若朝太寡婦是街上說的那種醜八怪，會不會進屋去都值得懷疑了。

總之，那女人的家對於半平來說是極其愜意的。女人長得美，按摩好，更關鍵的是為半平做出了獻身的慰藉。

揉了身體之後又喝了一碗茶。那茶和醃菜確實好。中途女兒玩夠回來了，這孩子不認生，半平一叫就上腿上來了。這麼一來，半平甚至發出了在自家沒讓人聽到過的開心笑聲。

咳，反正……

那個家不會再去了，半平這麼想時，剛才要走時寡婦在昏暗門口的低語又回響耳邊。

「請再來，什麼時候都給您揉肩啊。」

咬了禁果的預感使半平身體一哆嗦時，前方路上響起不一般的動靜。好像有人跑過來，而且不止一個。

半平急忙閃進路邊房屋旁藏身。

果然有人從不見人跡的黑暗道路上疾奔而來。是兩個人。蹴地的足音，喉嚨作響的喘息聲，含有非同尋常的緊迫感。他們從半平隱身的地方跑過去，突然交手。

短促的運氣聲、咒罵聲和刀鋒相擊的聲音傳過來，有一人欸喲了一聲。接著響起人撲通倒地的聲音，然後路上就寂然無聲了。

半平從房後探頭看，似乎另一個人正俯身看倒地的人。夜裡不能看得更清楚。

俯身的人站起來，身材高大。他砍倒了人，卻不慌不忙，沿路返回來，從縮回腦袋的半平前面過去。對於那高大的身軀，與塊頭不相稱的像貓一樣不出聲的走法，半平有印象。臉雖然看不見，但無疑是守屋采女正的家臣，名字叫塚原的。

待那人的動靜消失，半平出來，走到躺倒的人旁邊。探一下鼻子，已經氣絕。從腋下劈到肩的傷奪命。路上瀰漫著血腥。

聽朝太的寡婦說，在河岸路上遭到塚原打罵，就是像半平當時推測的那樣，是因為孩子跑，橫過了采女正前面。為這麼點事，叫塚原的人就把母女打得令周圍的人不忍目睹。

塚原為什麼那樣做呢？現在半平能估計個大概了。塚原是要討主子采女正的歡心。采女正並沒有命令他那麼做，但塚原熟知主子的嗜好——喜歡折磨人，覺得正是個好機會，要讓主子高興。

塚原是采女正的忠實走狗。剛才的交手也不是一般打架，後面肯定有采女正掌控。想到這裡，半平想起一樁不可思議的事件：大約一年前，中老久保康之助不明不白地在家裡切腹。

土木工程隊忙著搞箭伏川堤防工程的時候，好像藩府內部正進行一場半平們無法窺知的事件。橫躺在暗夜中的屍體令半平這麼想。

四

「今早收到這個，藩主從江戶寄下的。」

次席家老鮎川助左衛門說著，把從懷裡掏出來的緘書遞給中老中條玄蕃。玄蕃恭恭敬敬打開看了，又默默遞給巡檢石塚十藏。聚在鹿子坊的鮎川宅邸後屋的，只有這三個人。

石塚讀完了，把信碰了一下額頭，然後捲起來小心翼翼地放進封紙裡，交回次席家老，說：

「是下令殺死啊。」

「一切保密，對家臣也絲毫不能洩露。」助左衛門說。藩主在信中指示殺死的是守屋采女正。

三年前藩裡發生了世子拜謁將軍之後猝死的不幸。男孩子只有病故的世子一個，以致藩裡大受衝擊，而健康的女孩子還有兩個，便作出其一趕快招婿入贅的方針。

起初認為最有希望的入贅者是采女正的三兒子，給江戶的將軍家臣當養子的織之助。也傳聞是采女正本人向藩主推銷的，可後來跟有親戚關係的三村藩次子小次郎議親的事被公開，織之助佔先就一風吹了。當時還風傳，藩府欠三村藩二萬多兩，一旦成秦晉之好，可能這筆債就可以勾銷。

但是與三村藩締姻並非輕而易舉，因為守屋采女正極力唱反調。他說，不是要推自己的兒子當未來的藩主，但結親應該血濃優先。這一主張在一定程度上得到位居藩要職的人支持。因此，招婿入贅一事，儘管藩主、鮎川焦急，卻過了三年還擱置著。

采女正所說的血濃是這樣的：與三村藩的親戚關係是從祖父輩的妹妹，也就是當代藩主的姑祖母嫁到三村藩以後開始的。藩主和三村藩主是從堂兄弟，而采女正和藩主也是從堂兄弟。祖父的異母么弟繼嗣同宗的守屋家，擔任藩的要職。他就是采女正的祖父，采女正主張血是這邊濃。

然而，藩主與同宗的采女正及其子織之助都合不來，倒是和血緣關係淡的遠親三村藩主對脾氣。欠債一筆勾銷，這話也是在氣味相投的藩主們親密無間的閒談中提到的，確是事實。和富裕的三村藩親上加親，對藩的將來不會有什麼不好，這個算計在藩主的頭腦裡也是有的。

藩主要盡快統一藩論，把和三村藩的婚事定下來。要職們知道，一年前中老久保自裁是因為秉承藩主的這個意向，說服采女正，結果卻失敗，夾在了藩主與采女正之間，兩頭為難。

藩論統一不起來，藩主和負責攀親的要職都極力瞞著三村藩。倘若對方說，要是那樣，就不硬讓小次郎入贅了，這邊一廂情願的聯姻可就成了南柯一夢。藩主擔憂，婚事再擱置下去，三村藩就該起疑了。

因此，藩主這次為避免重蹈久保中老的覆轍，從江戶派近侍駒井重四郎回藩，逐個說服采女正派的要職們，孤立采女正。

可是，他自以為十分小心，這項秘密工作卻還是洩露給采女正，重四郎被殺。近來采女正對織之助坦東床腹已經死了心，變成了為反對而反對，拿出偏要頑固到底的姿態。但不管怎麼說，一不做二不休地殺害駒井重四郎，這種做法只能是旁若無人的妄為，竟完全無視藩主對三村藩的慎重。

藩主的手書充滿對近來采女正的傲慢態度及殺害寵臣的憤怒。

「這不能置之不理，好像到時候了。」中條玄蕃這話指的是藩主的怒氣，鮎川和石塚點點頭。

「那麼，下面由誰來幹呢？」

「這可不容易。」接過中條的話，次席家老說，聲音裡透出鬱悶。「采女正好像是什麼派的高手。」

「小野單刀派。」石塚十藏馬上說。「年輕時在江戶苦練過，有真功夫。而且總有個家臣跟在身邊，咳，叫塚本還是塚原來著，聽說他出自不傳派，很厲害。」

「哎呀呀，不好辦哪。」中老嘆氣。「就這樣，派出個三腳貓殺手的話，也無濟於事。」

「要說大致能旗鼓相當的，近侍隊的金剛早太、騎衛隊的矢口甚五郎……」

「算了算了，石塚，還有一個問題。」中老止住巡檢。「金剛、矢口是藩士當中無人不知的高手，假若事情進展順利，這二人就最先被懷疑。」

「是嗎，山崎是那一派的，所以調查也會很嚴吧。」

大監察山崎豬之助是守屋派。不限於山崎，采女正掌控藩要職過半，鮎川等三人屬於少數派。從當前形勢來說，假如暗殺采女正成功，馬上就知道是鮎川一派指使，即便公佈真相，乃奉旨討賊，能否壓住反抗亦未可知。萬一壓不住，甚至很可能引起以血還血的藩內抗爭。

中條說，為避免這種事態，只有徹底隱匿刺客的身分。守屋采女正是藩裡非消滅不可的障礙，但暗殺的真相必須徹底封在黑暗裡。

「吹號貝的淺井惣六怎麼樣？」石塚說。「他的話，身分低，大都不知道他是直心派劍客。」

「不不，淺井已經不是無名了。」中老說。「今秋比武考核，雖然敗給了金剛，但連破依田新之助、矢口甚五郎，取得第二名的成績，你沒看嗎？」

「我是去了小牧坊的矢場，是嗎，淺井也不行嗎？」

藩裡規定有每年一度考核藩士武藝的日子，到時候藩士在刀、槍、火銃、弓、馬之中自報拿手的武藝，接受考核。藩府的要職們分頭負責考核。

「等一下，我想起來了。」一直默默聽二人說話的鮎川助左衛門放下抱著的胳膊，插言。「土木工程隊有一個叫鏑木的吧？」

「鏑木半平嗎，綽號叫咋咋呼呼。」石塚十藏說完嗤嗤一笑，想起那個諢名也傳到土木工程隊之外了，按說他是在土木工程隊勤務，臉卻枯瘦得有點給人以虛弱之感。

「半平的父親死了，那可是短刀心極派的高手，但不知半平怎麼樣。」

「對啦，對啦，」家老說，「那個父親大概十來年前吧，帶兒子來馬喰坊的武館，我偶然遇見了，是來比武的。」

「父親嗎？」

「非也，跟武館的人比試的是叫半平的那個兒子。」

中條和石塚坐直了看著家老。以前的管帶佐治善右衛門是淺山一傳派的劍客，致仕後得到藩府許可在馬喰坊開武館，很是有名。如今在藩士子弟中也最孚人望，剛才話裡提到的騎衛隊矢口甚五郎就是這個武館的高徒。

話接上文，那時鏑木半平跟佐治武館門徒的比武，父子一到就馬上開始，結果片刻工夫就清楚了。半平把武館的劍客逐個擊敗。

「逐個？」石塚用驚愕的眼神看著家老。「現在為首的是矢口甚五郎，要說十年前，嗯，那該是諏訪孫之進那些人啦。」

「對，對，那個諏訪也敗了，我親眼所見。」

「這可是第一次聽說。」

石塚說。三人緘口，互相交換了探詢的目光。

十天後的夜裡，三人把鏑木半平叫到鮎川宅邸。石塚馬上就對一臉不安的神態，恭恭敬敬坐在下座的半平說：

「家傳的心極派一直在練習嗎？」

「……」

半平作出莫名其妙的表情，石塚又劈頭蓋腦：

「秋天考核一次也不曾顯露心極派，這是為何？」

「我……」半平說，臉紅了。「規定是考核一藝，我去箭伏川河灘放火銃了……」

「這個我知道，是問你為什麼不顯露拿手的武藝！」

「我的功夫是短刀，而且刀術另外還有人。」

石塚逼視這麼說的半平，但放低了聲音，說再往這邊來一點。半平上前，三位要職圍著半平似的靠到一塊兒。

家老鮎川說，現在要跟你說的，好好聽著，絕不可外洩。

「知道守屋采女正大人吧？」

「知道。」

「知道什麼，說說。」

「是藩主的宗族，身居要職。」

「別的呢？」

「聽說有小野單刀派的功夫。」

「還有呢？」

「……」

「我告訴你，」鮎川說，「采女正每月兩次去柳坊的牡丹屋喝酒，關照那裡的老闆娘。」

「……」

鮎川對詫異地仰起臉的半平說，再靠前一點。半平如言，家老伸長了皺巴巴的脖子，朝半平的耳朵裡低語：神不知鬼不覺地刺殺采女正。

半平剛才漲紅的臉這下子頓失血色，蒼白如紙。他後退稽首。

「請另派他人。」半平說。「恕我不能勝任。」

「討賊是藩主的旨意，你要看看手諭嗎？」

「務請寬恕。」半平把頭叩在榻榻米上，像癩蛤蟆一樣往後溜，拉開距離。忽然抬起的臉乞求放免，幾乎要哭了。「采女正是遠近聞名的單刀派高手，我萬萬不及，點到我名下可能是估計錯了。這個任務請委派別人……」

「哎呀，有點夠嗆吧？」

中條玄蕃說，鮎川也納悶，但石塚十藏冷笑看著這副樣子的半平。

「你怎麼看？」

「這就是那個咋咋呼呼吧，不必擔心。」石塚說，然後換了語氣，叫半平的名字。「聽說你最近跟桶屋坊長筒子平房的女人很親熱呀。」

「……」

半平的身體像石頭一樣不動了。

「對方是寡婦，你有正經老婆，哎呀，這可是問題。」

「……」

「好，在這兒搞個交易，你要是接了今晚的派遣，桶屋坊的事就不再問。不過……」石塚聲色俱厲了。「倘若你不做，那就不得不把桶屋坊的事抖露出來。沒理由袒護你，這是當然的了。」

「……」

「你應該明白吧，一旦聲張出去，那可就非常麻煩嘍。不僅在藩士中抬不起頭來，俸祿也肯定削減。那個寡婦也不會沒事喲。」

石塚的聲音變成了毫不掩飾的恫嚇。

五

寒夜。晝間有太陽的地方明亮，熱得人微微出汗，但到了晚上，夜氣一下子變冷，站著覺得腳底下發涼。季節眼看到冬天了。

鏑木半平一動不動地站在一戶人家的門檐下，從這裡能斜看守屋宅邸。

差不多了……

他心想，好像也該出來了。指的是塚原。

五天前半平站在同樣的地方看見守屋采女正帶著塚原出門來。跟在後面，如家老鮎川所言，去處是柳坊的牡丹屋。耐心等二人出來，又跟在後面，發現家臣塚原並沒有喝酒。

這樣的話，什麼時候他就會一個人出去喝，所以他每晚守候，可是還不見塚原出現。

半平不像恩田又助那樣好酒，但也偶爾想喝一盃散散心，並不討厭白粉小路的酒。由己度人，那種體格的塚原是不會討厭酒的。

早晚要出來喝。不過，也擔心這種想法有錯，說不定塚原出人意外地在宅邸裡面喝賞賜的酒就夠了，或者根本就是個討厭酒的人。即便是這樣，半平想，這樣守株待兔，他總會有晚上出來辦事之類的時候。

半平不灰心，不慌不忙地等待。打算只要塚原出來，就放倒他。

巡檢石塚十藏加以威脅，好像半平耍滑抗拒命令似的，其實，那時半平心下做出了判斷，雖然對心極派短刀有一點自信，但對付采女正和塚原兩個人卻沒有勝算。這幾乎是不言而喻的。

所以，不得不接受刺客任務時最先考慮的是怎麼才能把二人分開。結論很簡單，那就是先把一個人出來的塚原砍倒，然後跟采正女一對一地單打獨鬥。當然，這並非就穩操勝券。

反正要先幹掉塚原……

半平此刻也在想。否則，暗殺采女正幾乎不可能。

在沉思的半平眼睛裡，五天來這時第一次看見守屋宅邸的門內有燈光移動。有誰要出來了。半平將身體緊貼門柱。

小便門打開，出來的是塚原。巨大的身體浮現在提燈的光亮裡，令人詛咒。塚原馬上朝半平所在的相反方向走去。半平把遮面的黑布拉到鼻子上，裝在袋子裡的木刀換到左手，跟在塚原後面。

路上除了走在前面的塚原之外沒有其他人。巨大的黑影遮住提燈光往前移動。還有五、六丈就要穿過住宅區時，半平提木刀疾奔。

塚原聽見腳步聲回頭，手握刀柄，半平不予理睬，用木刀擊打他的腿。塚原好像還沒拔出刀，半平從旁邊奔過去。

提燈著了，響起塚原轟然倒地的聲音。他開始嗷嗷嚎叫。腿骨斷了，即便沒斷，小腿也裂了縫，傷筋動骨一百天，走不了路。半平頭也不回，疾奔轉上了河岸道路。

過了十幾天，半平這回用手巾把整個臉蒙嚴實，藏身在看得見柳坊牡丹屋入口的小巷裡。季節已進入臘月，蹲在這麼黑的小巷，寒意從肚子底下衝上來。風一吹過小巷，牙齒就打顫。

即使這時候他的眼睛也不曾須臾離開牡丹屋，不停地揉手指，時而站起來不出聲地跺腳。要留神手腳被凍僵。

狠擊了塚原的腿以後，半平擔心的是沒有了隨從，采女正不再來牡丹屋。但這完全是杞憂。采女正出了宅邸，單身來到柳坊，大概對功夫相當有自信。

采女正進牡丹屋估摸大約過了有兩小時，不留宿就快該出來了。半平好好揉了揉手指。采女正過夜的話，那就沒辦法，只好再等下一次機會。

夜深了，街上仍然有活氣。到處漏出三弦琴聲，悶乎乎的歌聲、打拍子聲。大概是醉客，遠處很多人哄然大笑的聲音像濤聲一樣傳過來。

半平停下揉指，凝視牡丹屋入口。出來了一個用頭巾遮住臉的武士。穿著與體型無疑是采女正。四、五個打扮得花枝招展的女人送到路上。采女正從容不迫點點頭，離開牡丹屋前。

半平不出聲響地邁步。看清牡丹屋的女人們進去了以後，從小巷出來，追采女正。立刻就發現他了，但街裡簷燈明亮，路上人影來往，其中也雜有武士，所以沒靠近。

半平只穿了便服，包頭裹臉，腰間插著一尺八寸的短刀。不像是武士，像一個隨從或雜役，總之只會被當作武士宅邸的使喚下人。那也得小心，保持遠遠能認出采女正背影的距離，穿過柳坊的道路。

縮短距離是穿過兩個坊，來到大堀川岸邊路上以後。半平一點點接近采女正身後。

突然采女正止步。急轉身，高高舉起提燈，照見半平。

「好像從柳坊跟來的，跟我有什麼事？」采女正用冷冷的聲音說。半平感到背後發涼。采女正劈頭蓋腦說：「看來打斷塚原腿的也是你。」

半平取下臉上的手巾。采女正看著，半平怕丟掉似的把手巾繫到帶子上。

「奉旨要您的命。」

「真可惡。」采女正低聲一笑。「總歸是鮎川之流指使的吧，嗯？」

半平說了聲對不住，伸手拔刀，采女正趕緊丟下提燈。好像什麼時候已經打開了鞘口，一下子就拔出刀來。

「喂，報一下名字。」采女正說。大概是醉了，聲音含混。「不報名號是無禮喲。」

「鏑木半平，土木工程隊的。」

「好，好，什麼門派，短刀可少見哪。」

「心極派。」

「好，來吧。」

采女正怒吼時提燈燃盡了。怪鳥展翅般從黑暗中撲過來，半平閃身，避開了刃風呼嘯的長刀。要衝到身邊時，采女正迅即收住腳，進退天衣無縫。不像是醉了，輕輕移動。

半平把刀尖朝下，平心靜氣探索黑暗中的動靜，隱約看見了采女正的身影。采女正舉著刀，大約相距有兩三丈。

半平一點點縮短間距。不打算衝上去，等敵人劈砍，閃開後回手一刀。縮短距離是誘敵。采女正避忌進入短刀的距離之內，一定先砍過來。

間距縮短。危險了。采女正也在暗中估量間距吧。距離接近是知道的，但是在黑暗中估量間距可能短刀比長刀略為有利。短刀的刀法是肉搏才能斬殺，就少了點偏差。

隨著激烈的運氣，采女正踏過來。果然按他的間距出手。半平閃身，險些不到位，格開刀躲過。這時手指感到劇痛，被砍到了。

但錯身的瞬間，半平得以闖入采女正懷中。猛劈肩頭。飛身退避，采女正的刀緊接著又襲來。來不及躲避，半平身子一矮，劈砍對方的前臂。

采女正的刀把半平剛才繫在腰間的手巾砍掉了。半平感到這一刀砍中了采女正的手腕。半平的身體終於恢復了當年勝過當師傅的父親時的輕盈。他反轉身子，再次進入采女正懷中。

采女正邊退邊砍半平肩頭，但動作遲緩，而半平動作迅捷，刺中采女正前胸，穿透腋下。半平身後響起砰然屈膝著地的聲音。采女正不出聲了。

「哎呀，在家裡幹木匠活兒壓了手指，哎呀，太疼了……」

手上慘兮兮纏了白布的半平咋咋呼呼，但誰都不理睬他壓壞的手指。土木工程隊的房間裡，正忙著在各自的小頭目之下估算從來春開始的幾個工程，偶爾有人冷笑著聽聽半平的咋呼，卻也一點都沒有把他手上的白布與昨夜守屋采女正的死聯繫到一起的意思。

嗯——

看來誰都沒覺察，半平想。於是，重要任務就結束了。心裡感到了一片安寧。

好像在等待這種安寧，隨即有另外的感想刺溜一下鑽進半平心裡。

「要知道，不會有獎賞喲。」

半平想起了石塚十藏的嘶啞聲音。那是昨晚悄悄去報告，石塚用三言兩語慰勉了之後，又萬無一失地補充的。

功勞是功勞，然而是不能被人知道的功勞。硬要說理由，不追究桶屋坊的不檢點就算是獎賞。

理由很清楚，但鏑木半平仍然有點不釋然。

暗殺這種血腥的行為，是有益於藩的意識，是具體地拿到手裡的褒獎。想到沒有褒獎，而且不會再觸及朝太寡婦的柔嫩肌膚，那帶有與武士血腥無關的溫馨的肌膚，油然湧現一個詞——白幹。

半平覺得上了石塚的當，豁出命來白幹了，卻又不能向周圍咋呼這種不滿，這一點半平也明白。

壁上觀與次郎

日和見与次郎

一

藤江與次郎是郡鄉總管的下屬。工作多是巡視鄉村，此日也視察小阪郡水無村種植的漆樹，傍晚回到藩城。

數日前，藩內刮了一場大風。有一個村子，暴雨交加的大風刮壞了幾戶人家的屋頂、牆壁，還有人受傷。各地公衙剛剛估產定租，大為驚慌，趕緊查看各村水稻的災情。郡鄉總管屬下的人也一樣忙碌，巡察藩內的河川，確認各村上報的山林災情，分頭奔走。

與次郎今日去水無村也是為查看今春藩府獎勵種植的三千株漆樹苗受災情況。漆樹在水無村後面聳立的鳥越山麓長得很齊整。

受風雨之災並不像村裡呈報的那麼嚴重。誠然，一眼看去差不多一半苗木被風吹倒，或者連根拔起，但大都扶起來就行，非重栽不可的苗木頂多有二百幾十株，還不到一成。

與次郎和跟他一同去的雜役山口源助召集村民講解，源助指導他們扶植的要領、堆肥使用方法等。源助是在郡鄉總管手下幹了四十年的老人，植樹技術很老練，村民也遜他一籌。

回到藩城，山口源助要去工具倉房，與次郎和他道謝分手，進了司農宅邸。看了看辦公房，人影寥寥，寬敞的房間裡只有四、五個人伏案。

在司農宅邸裡辦公的部門都是管理農村的，多數人在外面跑，平時大體就這種情形，而一路之隔的衙署是一些計帳的、採購的、管倉庫的，一起在各自的部門裡伏案勞形，兩邊略異其趣。

颳風下雨時辦公房裡擠滿人，但也有相反的時候，這種日子只留一個人看守，全都跑到外邊去。無論晴雨，負責鄉下的總是在外面忙，悠然伏案比較少。因此，這份差事第一要不怕耗體力。

「頭兒還在嗎？」

站在廊下問，一個姓原口的年輕人正盯著攤在桌案上的山形圖，抬頭看了看與次郎。

「啊，你要回去了嗎，辛苦了。」原口周到地說，告訴與次郎，總管還在自己的房間裡。「他好像有客人。」

「客人？」

與次郎盤算起來。馬上到下班出城的時辰了，他想趕緊把視察結果向總管報告，商量一下補栽苗木的安排，寫成公文完事。

「客人是誰，不知道嗎？」

「呃——」

「大牧坊的三浦屋喲。」

另一個人回答，是跟與次郎同為下屬的諏訪莊兵衛。四十出頭，一個好心眼的同僚。

諏訪用明白與次郎心情的口氣加了一句：

「大概不是密談，不要緊吧。」

「是嗎，那我去一下。」與次郎說。

可是，儘管諏訪那麼說，郡鄉總管的房間裡迎接與次郎的卻是不自然的沉默。說可以進來，但總管片岡孫左衛門和油商三浦屋喜平都不知如何是好似的注視與次郎。

與次郎簡短地報告了水無村漆田受災情況。

「另外，受災的苗木估計有二百六十株，山口說最好馬上就補栽……」

「交給你處理。」

「苗木聽說深田村的作左衛門和日向村的重藏那裡有，用誰的呢？」

「和源助商量決定吧。」總管說，似乎不大感興趣。可能覺察到這一點，又略為口快地補充說：

「提出公文，讓財務出錢。公文格式你該會吧？」

這就足夠了，與次郎趕緊離座出來。他覺得不可久留。

他們在幹什麼呢……

與次郎回到辦公房，一邊在自己的桌案上研墨，一邊重新尋思剛才去過的郡鄉總管房間。

答案只有一個，那就是總管和三浦屋在密談什麼事。與次郎前面有紙窗，正當落日，像點了燈一樣通明，但總管的房間在後面，黑乎乎地發暗。兩個人在裡面也不點燈，面對面小聲談什麼事。只能認為是避人眼目的密談。

不知道內容是什麼。尋思也不可能知道。與次郎心想，卻也並非一點譜都沒有。最近藩裡流言頻傳，是關於改革的事。那些流言主要是藩財政陷入困境以後出來的，人們見面就竊竊私語。

根據謠傳，為解決近幾年越來越嚴重的財政困難，兩派提出改革方案，分別遞到藩主手裡。因為是改革，所以否定提不同意見的對方的語氣就不免尖銳，兩派的對立也自然被言辭煽動得更加嚴重。人們不敢大聲嚷嚷，就是這個緣故。

雖然職司郡鄉的總管與鎮裡的富商搭配很古怪，但總管房間的低語有一種似乎跟改革有關的密談氣氛。不能說跟那種人沒有關係。藩政改革且不說規模大小，最後必演變為政變形式，那時將動用巨額的金錢，當然就也有三浦屋暗中活動的餘地。如果拿改革這句話說事，郡鄉總管跟三浦屋碰頭也就一點不稀奇。

那樣的話……

與次郎想，別尋思了。

距今十二年前，與次郎十六歲的時候藤江家被捲進藩派閥抗爭，嘗過一次苦頭。父親所屬的派閥失敗，俸祿被減掉一半，世職也由代代財會變為跑鄉下。

那次政變豈止減俸，很多家被褫奪世襲，沒收房屋，甚至死了兩個人，所以不敢發牢騷，但父親半左衛門此後就經常臥病，兩年後故去，顯然是處分導致頹喪。

臨終，半左衛門看著與次郎，拼命要說什麼事情，但沒發出聲就咽了氣。

「好像要說什麼吧？」

與次郎問，母親停下拭淚的手，歪頭想了想，說：

「是教你不要摻和有權有勢的鬧騰呀。」

說了這話的母親五年後也病故。本來就體質羸弱，因世職有變而搬家，生計窘迫，老伴病死，這一連串的環境劇變每次都帶給她沉重的打擊。

那時的派閥之爭估計也打出改革的旗號。竟至奪去父親性命的強行改革成功與否，沒過幾年又叫嚷改革不就正好作出了回答嗎。

如果改革是這樣的，他就不想參與。與次郎鋪紙搦管，開始寫要向財務部門提出的公文。

二

辦好公文，又寫完日誌，來到外面，外城佈滿了日沒後亮得出奇的光。太陽落下去了，餘光卻停留在藩城上空一片漣漪般細碎的雲上，又從那染成桔色的雲上灑到地上來。

外城的建築上、冷落的廣場當中都瀰漫著淡淡的光，但廣場角落、建築後面湧動著不容置疑的黃昏薄暗，再過一會兒，外城飄溢的光一掃而盡，城內就將被昏暗籠罩。

放工出城的時刻早就過了，廣場上，建築之間的寬闊道路上看不見人，只有出城用的正門前面有二三人影，大概跟與次郎一樣，處理工作費工夫，收工晚了。

可是，與次郎出了城門，走過橫跨藩城前面的河上的橋，那些人影還在橋附近晃蕩。還沒來得及想他們走得可真慢，先就覺得那些人好像看見了自己，放慢腳步在等著自己趕上來。

有兩個人，一個是與次郎認識的。街鎮靠北頭的五軒坊有一個直心派武館叫矢崎，這個人是一起在那裡練武的三宅俊六。他回過頭來。

「直接回家嗎？」

「啊，是的。」二人停步，所以與次郎只好趕追到了一起。「我不喜歡半路去別的地方。」

聽與次郎這麼說，三宅跟另一個人迅速地察看了一下周圍，然後邁步。方向是與次郎家所在的方向。

三宅又說：

「近來好像沒去武館呀。」

「沒時間。」說了之後，與次郎又加了一點譏諷：「因為上山下鄉喲，哪能像你那樣端坐案前，鼓一響就放工。」

「但是有歇班吧。」不知是沒聽出與次郎的譏諷，還是故意不接話，三宅依然正經八百。「師範讓你偶爾露露面，意思是你來給訓練訓練年輕人。」

與次郎苦笑。過了二十歲，與次郎習武好像一下子開了花，竟是所向無敵的景象。

那時矢崎武館的代理師範是如今當御書院監察的兼松重助，但與次郎屢屢劈砍兼松，弄得他很不悅，而且跟其他武館比試也不曾敗過。大概三宅和師範矢崎佐次右衛門把那時的與次郎放在了心上，可是與次郎想，現在的自己不一樣了。

原來他近年來竭力工作，以求無大過，斷然不再去武館。估計武藝也完全退步了。與次郎心想，沒有過去那兩下子啦，但並未說出口。因為很顯然，三宅和另一個年齡更大些的人並不是要說武館的事，而是有其他事情才等他。

三宅俊六果然說了出來。

「想跟你說幾句話。」

「……」

「今晚喝一盃吧，不會用多長時間。」

「說什麼？」

與次郎說，三宅回頭向另一個人遞了一個眼色，然後換了一副口氣：

「我來介紹一下，這位是丹羽司藩使，見過吧？」

「沒見過。」

與次郎側身回頭，向丹羽鄭重示意。

藩使是上等藩士的職務，食祿三百石以上，進藩城上班有僕役跟從。這位上等藩士是獨身，跟近侍隊的三宅同行也令人驚奇，但是一聽到丹羽，馬上就明白了。

無疑是丹羽家族……

丹羽家族是經常有人出任藩府執政的名門，現在中老丹羽弓之丞是丹羽正宗的戶主。這次一派的改革方案就是由丹羽弓之丞提出來的，這點事連與次郎也知道。

他知道三宅要說什麼。暗恨自己被他們看見，不得不同行，但轉念又想，說不定身邊這二人當初就是為了他而埋伏在那裡。倘若是這樣，或許風傳的兩派拉人也到了最終階段。

尋思怎麼找一個漂亮的藉口溜之大吉的時候，三宅簡直像看透了與次郎的心思，用焦急的口氣說：

「今夜在同心坊的寺田宅邸有集會。」三宅一口氣說了之後，又掃了一眼四周。河岸路上一片濃重的暮色，不見人影，那他也壓低了聲音。「一起去集會吧。啊，說真的，有人讓我務必把你拉來。」

「今夜我不方便。」與次郎冷漠地說。「家裡有客人要來。」

「別睜著眼睛說瞎話啦。」三宅苦笑，但聲音還是很從容。他比與次郎大一歲。「畑中派找過你了嗎？」

「沒有，沒那種事。」與次郎說。

畑中派是跟丹羽弓之丞對立的派閥。被推出來當核心的是家老畑中喜兵衛，但也有傳言，說他沒有統率一派的器量，實質上發號施令的是總領淵上多聞。

「丹羽派畑中派都與我無關，我生性不喜好拉幫結夥。」

「好像大家都叫你壁上觀與次郎……」三宅在口吻里加了一點威嚇。「現在可行不通了。」

「……」

「挑明了說吧，」三宅的聲音又溫和起來，「對方頻頻在村瀨召集高手，野口甚平、峽田光之進、石塚半十郎，這些名字有記憶吧？」

「好像。」

「村瀨的高手，他們跟你交過手。」三宅俊六挑唆似地說。

村瀨，說的是村瀨彌市郎，當過藩的劍術教頭，在鎮上開了一家單刀派武館，現今在藩士子弟中也最有人望。

「意圖不清楚，但不知什麼時候對方拉攏了他們。不能置之不理，這邊也要拉你入夥。」

「那可有點高估我了。」

三宅駐足，看著與次郎，用含了點怒氣的聲音說：

「這是什麼意思？」

「最近木刀也不曾摸過，咳，沒有用處啊。」

「完全打算逃避。」

三宅說，始終默不作聲的丹羽司第一次插言。

「今天就這樣吧。」聲音有藩使的穩重與深沉。「藤江也想想，還有工夫。」

「就此告辭。」

與次郎說，二人點頭，在濃重起來的薄暮中返身快步走去。與次郎被解放，長出一口氣。

哪邊都不……

與次郎想，看來鬥得相當激烈。拋開主義、主張，直接推動那些加入派閥的人的，是所屬派閥順利取勝時分得一份利益的夢想，飛黃騰達。在這個意義上，政爭也像是打仗。

跟打仗一樣，派閥的勝敗不容預斷，所以人不得不孤注一擲，為所屬派閥賣命。看來丹羽派與畑中派鬥進入了這個階段，但是能放過我吧，與次郎想。

咳，不參加派閥有損失，但只要能維持世襲，不毀了門祚，那不就很好嗎？這想法未免消極，恐怕與看見父親這位值得尊敬的好男兒受到處分以後一下子變老，日益憔悴，好似喪失了生活動力似的，不無關係。行屍走肉，可不想變成那副樣子，與次郎想。妻是否也這麼想，卻是個疑問。

與次郎和瑞江尚未成年時兩家父母給他們訂了婚約，但因為職務由俸祿一百石的財會變成五十石的管鄉村的，與次郎的父親向瑞江的父親提出解除婚約。

周圍的人，也就是除了瑞江的父親之外，所有的家屬親族都贊成與次郎父親的請求，只有瑞江的父親一個人頑固地不予接受。

結果，瑞江十八歲時如約嫁過來，還生了一個孩子，但總像有點不開心。而且，那種不開心的樣子至今都沒變。

按說瑞江是要嫁給食祿一百石、在藩府當差的，但對方忽然之間世祿減半，變成跑鄉下的，也許心裡不免有牢騷。就算那是姑娘家的虛榮，但實際上藩府賞賜的東西少，宿舍也是給鄉村管理人員住的長筒子平房。大概在世祿一百五十石的瑞江娘家看來，就是面臨了超乎想像的儉樸生活。

不過，瑞江是堅強的姑娘，對新生活也冷靜應付。學會了用錢，巧妙地操持家務。會漬菜，會縫紉，從不說家計難，回娘家也不抱怨。但要說她已經習慣苦日子，現在過得很開心，與次郎覺得也並不是。

瑞江從小就極好強。來自良好家教的開朗性格甚至讓別人也心情舒暢，可是過了門以後她失去那種明快，變成了默不作聲、難得一笑的女人。

這樣子的瑞江也不是不可以看作因為她已不是姑娘，而是有夫之婦了，但丈夫與次郎認為不是的。瑞江心底一定隱藏著對現在境遇難以消除的不滿。不然，為什麼像現在這樣變成了一對往往每天連話也說不上幾句、陰沉不融洽的夫妻呢？與次郎雖然這麼想，對妻的不滿卻也一籌莫展。

「傍晚杉浦大人的夫人來過。」與次郎在拘謹的沉默中吃完了晚飯，瑞江上茶時好像突然想起來，說。

杉浦夫人是與次郎的表姐織尾。真稀罕呀，與次郎說。

「有什麼事嗎？」

「說是從廟裡回來，突然想起來，順路來看看。說您不在就算了，沒說什麼事。」

「咦，什麼事呢？」與次郎說。

和織尾還是三年前在親戚的法事上見過一面。這時候突然來，看來有什麼事。

「像是有急事嗎？」

「這個嘛……」這回是瑞江納悶了。不過，她的表情是不認為織尾突然造訪多麼要緊。「也說了好像求您什麼事，但急不急……」

「可能是那件事吧。」與次郎半是自言自語地說。

織尾的丈夫杉浦作摩有才幹，年輕輕就當上總管，現在是巡檢。俸祿也由織尾過門時的二百石幾次增加到三百五十石，被視為前途無量的年輕人。恐怕在此次藩政改革中也屬於哪一派，並充當核心人物。

或許要拉他入夥，這麼一想，與次郎的興趣就倏然從漂亮的表姐身上離開了。

三

半個來月後，與次郎在寺坊突然遇見了表姐織尾。

「啊呀，與次郎！」織尾說。

織尾比與次郎大三歲，已經過了三十，但天生麗質越來越洗練，胸腰豐滿，變成了貴婦。

「今天歇班嗎？」

「是的。」

「那是什麼？」

織尾探看與次郎腰間掛的網兜，知道裡面裝的是黃雀、伯勞、麻雀等小鳥的屍體，啊地後退了一步。

重新看了看與次郎手持的捕鳥竿。

「捕鳥嗎？」

「對。」

「可別拎著那麼血腥的東西在廟前過呀。」

「沒出血……」

好像抗議表姐說教似的口氣，與次郎把網兜舉起來，立刻想起裡面有一隻用小刀殺死的山雞。

「啊，是山雞。」與次郎說。「發現它在樹叢中跑，打死了。對了，給你吧，很好吃呀。」

「不要，不要。」

織尾擺手。看她害怕的樣子，跟從的小女僕忍不住露出白牙笑了。

「欸，拔了羽毛煮煮，很好吃的。」

「我可不要。」

「那我就自己拿回去吃。」與次郎把網兜掛回腰間。「今天是去廟裡燒香嗎？」

「不是，來商量一下做法事。」

「對了，前些日子聽說來過我家，是不是有什麼事？」

「已經完事了。」織尾說。

但這時忽然想起來似的，對女僕說，要跟這個人說點秘密的事，你稍微走遠點。

看著女僕如言走出十來步遠，織尾挨近與次郎，還壓低了聲音。

「杉浦去江戶了呀，是藩主叫去的。」

「咦，什麼時候？」與次郎說。

比起這句故作神秘的話來，表姐身體發出來的香甜氣味更讓他心猿意馬。

與次郎過去偷偷給這位表姐寫過情書。聽說織尾訂婚，一直被如花似玉的表姐吸引的與次郎抑不住離別之苦，綿綿寫下了長久的思慕之情交給她。

可是回到家裡，想想自己幹的事，與次郎臉白了。好像睡醒了一樣，看出了自己所做所為的愚劣。想到自己幹了男子漢不該幹的事，不禁渾身冷汗淋漓。織尾讀了信，恐怕要捧腹大笑，肯定在輕蔑我寫這無聊情書。這麼一想，剛才涼得像冰一樣的身體又被恥辱感弄得火燒火燎。

僅此而已還可以，但想到了最壞的地步：表姐會不會美滋滋把信給人看呢？看哪，看哪，與次郎的信！想像著性格開朗的表姐這樣叫著，在家裡把情書給這個給那個看的景象，與次郎羞得要死。甚至有點想吐，心情壞極了。

苦悶了兩三天之後，與次郎去表姐家把信要回來。於是，表姐拿出一副很老練的神情把他帶到院子裡。

「與次郎，你幾歲了？」

「十五。」

表姐用刮目相待的眼神盯著看。現在與次郎高多了，但那時表姐個頭高。

織尾用教訓的口吻說：

「十五歲，給女孩寫情書可不叫人佩服。」

「是。」

「男孩子還有該幹的事吧，學問啦，練劍啦……」

「是的。」

「看來是覺察了這一點，來把信拿回去吧？」織尾說著，突然把身體湊過來，像變戲法一樣從袖子裡拿出信，交給與次郎。又壓低聲音說：「我一個人看過，此外誰也沒發覺，放心吧。」

與次郎點點頭。放下心來的同時感覺到表姐身體上發出來的甘甜香氣，感傷地嗅了嗅。

織尾好像看透他這種心情，把身體靠得更近，還拉起與次郎的手，啪啪地拍打手背。

「這件事是我們兩個人的秘密，對誰也不能說。」

「……」

「不過，挺會寫信呀。我已經有主了以後才寫，晚啦，真夠遺憾的。」

織尾似乎發覺自己的話說得輕佻，噗地笑起來。聽著那快活的咯咯笑聲，與次郎覺得她是比自己大不止十歲的大人。

從此與次郎在這個表姐面前抬不起頭。

「啊，什麼？」與次郎說。想陳年舊事走了神，終於好像聽到了織尾說了一句現在別充耳不聞。

「你說害怕，誰害怕？」

「杉浦呀。不是說害怕，是說好像那樣。你認真聽人家說嘛。」

「對不起。」與次郎道歉，然後小心翼翼問，以免惹對方生氣：「是說巡檢出發前好像害怕什麼嗎？」

「是啊。」

「嗯，可能有什麼讓他感到身邊有危險。」與次郎說，慎重問道：「藩主有什麼事，巡檢講了嗎？」

「聽說遞到藩主手上的改革方案有兩個，知道嗎？」

「嗯，知道。」

「杉浦是去談關於方案的意見呀。來江戶，考量雙方的方案提意見，這麼命令的。」

與次郎打了個冷顫。

「還有人知道此事嗎？」

「這個嘛……」織尾優雅地歪頭想。「命令是直接下達的，在家裡一切都保密，但不知江戶那邊怎麼樣。萬一洩露，這邊也會馬上來通知吧。」

「現在藩內分成兩夥，聽說了吧？」

「知道呀，畑中大人與丹羽大人的幫派吧？」

「對，巡檢支持哪一邊嗎？」

「沒有。」織尾搖頭。「藩主來叫他，就因為知道他哪邊都不參與，立場公正。」

「噢，是嗎？」

於是想，杉浦作摩被藩主召去，就處於受畑中、丹羽兩派矚目的立場。藩主把杉浦叫去江戶諮詢，這種秘密恐怕是保不住的。

消息一定會從哪裡洩漏，像織尾說的那樣傳入兩派的耳朵裡。這樣一來，兩派就都要考慮拉攏杉浦作摩，以利自己的改革方案。而且，假如不允諾，甚至會考慮除掉他。這兩種考慮互為表裡。

與次郎想，織尾的丈夫害怕很是自然的。杉浦作摩出藩前往江戶，兩派的人會不會在途中接觸他呢？

「噢，那怎麼了？」

「所以去求你呀，想讓你把杉浦送到關口，可你不在家。」

「我真不知道這些事。」與次郎說。「再打發人來一趟就好了，那我就能護送……」

「不過，不要緊吧。」織尾說得很輕鬆。「要是出事，這時候早就來通知了。」

「回來時危險。」與次郎說。「一旦作摩的意見如何之類消息從江戶洩漏出來，就不可能平安無事喲。」

「他說是回來的時候有伴，不用擔心。」織尾說。

四

下午兩點多下起來的雨傍晚也沒停，但雨腳不猛了，打開辦公房的紙窗，只見和剛下時一樣好似霧的雨濡濕了城內的樹木、建築。

早回來是對了……

與次郎想。他今晨早起去了水無村，是去監管補栽被大風折斷的漆樹。作業上午就順利結束，然後到村主管家，被招待了一頓午飯，這差事也就這麼點好處。吃飯時變了天，所以歸途沒繞到鄰村察看杉林，徑直返回了藩城。

看來還有人像與次郎一樣看天氣情況就提早結束了行程，辦公室裡的人比往常多。這些人閒坐在桌案前，放工的鼓聲一響就立刻此呼彼應地開始收拾東西走人。

與次郎也收拾桌案，出了辦公房。外面早早被薄暮籠罩，寒氣砭膚。這是一個彷彿讓人想到冬天終於來到身邊的冷颼颼的日暮。

有人打開預備的傘，有人頂著雨，還有人不知從哪裡找出蓑笠戴在頭上，也有人合打一把傘。與次郎在司農宅邸的簷下眺望了一會兒從前面的路上回家的人，隨即死心塌地，加入了人流。

望到猴年馬月也不會過來一個人說一起打傘走吧。雖然是飄飄忽忽的細雨，但走出幾步衣服就濕漉漉了。

特意……

與次郎想，就是怕挨澆才提早結束了工作。出了城門就用布巾蒙起頭臉向家裡跑吧，這麼想著往懷裡掏時，有人從旁邊招呼。

「一起打傘吧，藤江。」

對這聲音有印象。回頭一看，果然是藩使丹羽司。

與次郎慌忙推辭。跟這位令人拘謹的人打一把傘走路，還不如淋濕的好。而且，認識他的人多，合打一把傘往回走，轉眼之間就會傳開，好像藤江也終於加入丹羽派。

「多謝，還是請先走吧。」

「不必客氣嘛。」丹羽說，聲音有風度，有深度，讓人覺得藩使就該是這樣。大概做夢也想不到與次郎對他敬而遠之。「沒什麼，並不是要送你到家，就到佐竹坊拐角，一起打傘到那兒，然後你自己跑回家。」

「啊。」

「而且還有點話跟你說。」

被這麼一說，就不好說您請先走吧。與次郎道謝，鑽進丹羽擎著的傘下。

丹羽穿的衣服發出高雅的香氣。與次郎頓時緊張起來，但丹羽用漫不經心的聲音說：

「聽說三宅俊六受傷了吧？」

「一點都沒……」與次郎看看丹羽的臉。「什麼時候？」

「三天前。跟對方發生了一點點衝突。」

「動刀了嗎？」

「啊，是的。除了三宅，還有兩個人受傷，因為彼此都拼命摸對方的動向，有一點由頭就拔刀。」

「俊六傷得重嗎？」

「不重。說是兩三月就能好，不過……」丹羽說。

這時有一個矮胖的人從他們身邊超過去，腳步匆匆。

「是郡鄉總管。」薄暮冥冥了，丹羽卻能看清是與次郎的上司。他放低聲音說：「片岡是對方的，那麼匆忙，看來是今夜又有集會。」

「啊。」

「沒拉你加入畑中派嗎？」

「沒有。」

「唔。」丹羽沉默不語了，像是在沉思，但很快又接著說：「片岡很能幹，早晚來拉你，要注意。」

與次郎沒應聲。丹羽說，對了，想起來了。

「聽說你跟杉浦巡檢是親戚？」

「我的表姐嫁給他。」

「杉浦要再次去江戶，聽說了嗎？」

說完，丹羽用敏捷的動作查看了一下身後。也許所謂有點話說，這就是正題。

與次郎沒聽說此事。

「咦，還要去嗎？」

「這次是過了年，開春去。」丹羽屬於瞭解內幕的人，口氣反倒有所節制。「大概藩主的意向是要在來春回藩之前拿出自己的意見，決定改革方案，所以上次把杉浦召到江戶。」

丹羽說，藩主召集研討改革方案的是巡檢杉浦作摩、人在江戶藩邸的近侍總管牧參左衛門、近侍長仁科權四郎三人，都是藩主當世子時就服侍左右的近側之中的近側。

「方案的採納大致有了日期，但三人當中卻有一人提出要慎重。好像是說因為事關藩的將來，舉足輕重，所以應該把結論拿回藩裡，普遍徵求一下元老們的意見。」

「……」

「徵求意見之後再做最後決定，而這個任務當然就交給了回藩的杉浦。他極其秘密地造訪元老，帶著他們的意見再度去江戶。」

「不有點過分謹慎嗎？」與次郎說。「一旦藩主決定了，就不會再有人提出異議……」

「可是，也不那麼容易。」丹羽說。「大家都知道藩主才智過人，但畢竟還年輕，就是說，還不具備先藩主的尊嚴，所以方案未被採納的一方會陽奉陰違，不依從新的改革方案，也不難想像。」

「……」

「那樣的話，改革很可能遲遲不進。當然，那不是我這派。我這派不幹那種扯後腿的事。因為慮及這一點，所以要加上元老們的意見，讓採納的方案有全藩一致認同的份量。杉浦的任務很重要。」

說到這兒，丹羽止步。周圍已經黑得看不見他的臉，但與次郎也知道，這裡就是佐竹坊的拐角。

丹羽站著又說道：

「很重要，但也是極其危險的任務。」

「我也這麼想。」與次郎說。

藩裡只有織尾的丈夫杉浦作摩一人，知道身在江戶的藩主對改革方案的意見。現在他又第一個知道藩裡的元老們，即藩主家族、舊執政這些人，對兩個改革方案的態度。

萬一洩露，得知作摩手裡拿著對本派方案的否定意見，那一派當中就會有人跳起來加害於他。丹羽說的就是這個意思。

既然這麼說，丹羽一定已經從絕密渠道查明，迄今為止有關改革方案的進展對丹羽派有利。

考慮丹羽是這樣的口吻，與次郎說：

「杉浦那邊我去看看吧。」

「那太好了，杉浦以後對於藩是很重要的人。」

對合用一把傘道了謝，丹羽說不用謝，好像突然想起來，又把傘擎過來。

「上次說過的參加我派的事後來考慮了嗎？」

「啊，還正在考慮。」

說完，與次郎從傘下飛奔而去。

五

與次郎掛記丹羽司在傘下說的話，本打算去一趟杉浦家，提醒一下作摩或表姐，但事後視察山林，夜不歸宿，回來又忙著處理事務，很晚都不能下工，結果去杉浦家已經是遇見丹羽半個來月之後了。

出家門大約是晚上七點左右。半個來月之間，季節驟然是冬天模樣，早晚寒冷透骨了。那天夜裡，與次郎把一隻手揣在懷裡，一隻手拎著燈，冒著寒冷走在昏黑的街上。

杉浦家在內匠坊，那個武士住地從與次郎家往北步行兩刻鐘即到。

說是去看看……

可事情並不簡單呀，與次郎邊想邊弓著背走路。弓著背，抽著鼻水，心想自己這副以備萬一的樣子可不像巡查守護的。

但走進內匠坊，來到望見杉浦家的地方，那種敷衍了事的情緒一下子飛散。燈光下，只見門前黑黝黝站著幾個人。

與次郎止步，一個人走過來。身材高大，怪怪地用布遮住臉。

「去哪裡？」過來的人說，站在前面堵住去路。

「去杉浦家……」

「這麼晚了？」

「還不晚，八點都不到吧……」

與次郎生氣了，但心裡更深處也隱隱恐懼。這些人是什麼人？為杉浦擔心的變故已經發生了嗎？

與次郎問道：

「你們是什麼人？」

「去杉浦家有何貴幹？」

那個人完全不理睬與次郎的詢問。措辭彬彬有禮，但是有一股子不許再往前邁進一步的可怕的意志。

「杉浦是親戚，探親非說出理由嗎？」

「哦，是藤江呀。」後面那夥人當中有誰這麼說。壁上觀的與次郎嗎？另一個人說，幾個人壓住聲音竊笑。

「對不起……」與次郎面前的人仍然用溫和的口氣說，「今夜就請回，明天再來吧。」

「為什麼？」與次郎說。「沒有聽你擺佈的道理嘛。」

讓我過去，與次郎說，往前邁步。那人迅急出手，用大手掌推與次郎前胸。他的手是溫和的，但含有堅決的力量，不拔刀就不可能過去。

怎麼能拔刀呢，連他們的真面目尚不清楚。與次郎說：

「想要幹什麼？」

「挑明了吧，」那人忽然軟下來。「今夜我們跟著來的大人正在和杉浦大人商談，請不要打擾。」

「原來是這麼回事。」

與次郎的腦海裡猛然浮現的是淵上多聞的名字。登門造訪作摩的大概是淵上，傳聞他其實是畑中派的盟主。或者是丹羽弓之丞吧。

「可我沒有特別要打擾的意思……」

「不，順便告知，我們大人的名字也不想被人知道。當然，明天聽杉浦大人說是無妨的。」

哼，好像對堵嘴滿有自信，與次郎暗想。這種陰損的做法確實像淵上，丹羽弓之丞更爽快。

淵上家久居總領之位，不見天日，淵上多聞繼承世系，自年輕時就一心要坐上執政當權的位置，把這次改革方案視為最後的機會，他盤算的是，方案如能被採納，則必能當上中老。為此，淵上向市人大舉借債，用錢來維持派閥。

然而，淵上又擔心萬一失敗，表面上推出畑中，自己從不出頭露面。不消說，這是深謀遠慮，即使敗給丹羽派也不至於損傷門祚，連與次郎也漸漸聽到了這種傳聞。這個陰謀家淵上來跟織尾談什麼呢，與次郎心緒不寧了。

不過，他沉靜地問：

「看來今夜最好就這麼回去了。」

「這是明智的。」魁梧的對方說。

「想問一件事。」

「什麼事?」

「你們不會對杉浦有反常的舉動吧?」

「不會的，我們沒接到這種命令。」

「以後有什麼反常可饒不了你。哼，誰在裡面，我心裡可大致有數。」

說完，與次郎轉身。心想，要追上來吧，但沒人追上來。

回到家，很稀罕地來了客人。看鞋子是男人。與次郎正要進屋，聽見妻子的聲音，又退回外屋。

「不是說又有人受傷了嗎？」妻子說。「不管畑中大人那夥多麼有優勢，也不要拉我家與次郎攙合那種危險的集會。」

「可是，怕危險就不能出人頭地呀。」說這話的聲音是內兄內藤勝之助。勝之助是瑞江的長兄，內藤家的戶主。「說個試試。與次郎對派閥不感興趣，也是你的緣故呀。在我看來，你和你丈夫過於畏首畏尾。藩裡要一分為二，你們夫妻倆這就落後於潮流。」

「……」

「那就只能一輩子住這種長筒子平房，當一個四處跑的小吏。」內兄說得毫不客氣。「告訴他，現在正是好機會，把這個家恢復原來的一百石俸祿。還不晚，我從中說合，畑中派會高興歡迎他。」

「多謝，但不行。」瑞江斷然說。「從哥哥大人看來，也許我們家過得慘不忍睹，但近來已經習慣了。現在的平靜日子能繼續下去，不出人頭地也可以嘛。」

「你也是一個可憐的女人。」內兄說。「好像窮日子過上癮了。」

與次郎咳嗽一聲，關門特意弄出動靜。

進了餐室，內兄難為情地轉向與次郎，還是勸他參加畑中派，但或許看清了無望，只隨便動員幾句，閒聊了兩刻工夫就走了。

與次郎對妻子說，斟熱茶。

「剛才的話聽見了。」與次郎說，瑞江啊了一聲，臉紅了。「我一直以為你對現在的境遇不滿……」

「沒那個事。」

「可平常總像是板著臉。」

「是嗎，以後我注意。」瑞江低頭行禮。「因為淨是些擔心的事，太緊張了。操持家，照看孩子，又沒有母親。」

「那些辛苦我不是不知道。」

「但女人也有男人不知道的煩心事，比如生第二個孩子能不能養得起……」

「第二個？」

「您又要有孩子啦！」

瑞江說著，臉紅到了脖子，低下頭。與次郎露出久已不見的笑容。

「不要緊，生！總會有辦法。」

不過，請不要為此就考慮加入派閥，出人頭地呀，瑞江說。

六

異變發生在二月的寒夜。接到通知，與次郎跑去，不一會兒就看見內匠坊的方向大火熊熊。一路疾奔，夜氣在耳邊嗖嗖作響，耳朵凍得像冰。

跑到那一看，杉浦作摩的宅邸完全被火繚繞，眼看要塌架了。火光中浮現鬧鬨哄圍觀的人，和登上三面鄰家屋頂的消防員身影。有一些人持長槍整治看熱鬧的人群，像是管帶率領的一隊步卒。

與次郎發現那些人當中有一個姓戶田的，是矢崎武館的同門，在大監察手下當差。

「大監察的下屬來了，由此可見這不是一般的火災呀。」與次郎說。

「說是有可疑之處，所以來了。」

「杉浦家的人呢？」

「全死了。」戶田簡短地說，又馬上訂正。「不，只有一個人獲救。」

「誰？」

「上年紀的男僕，其他人都死了。」

戶田話音剛落，最後的房梁塌落，火柱忽地竄上黑暗的夜空，火花飛落到圍觀的人們頭上，一片騷動。

與次郎感到一種疑惑堵在心頭，問道：

「怎麼知道不是一般的火災呢？」

「還不清楚，今後要調查。」戶田說。「不過，問過周圍人家，誰都沒聽見杉浦家的人喊叫。」

「沒聽見喊叫？」

「是的，沒一個人聽見。」戶田把眼睛轉向火場。「我們懷疑火災發生之前杉浦家的人就被殺了。」

從廢墟中找出屍體，杉浦親屬把全家下葬。與次郎也參加了葬禮。他後悔不迭，自責不已：預想到危險，就應該更認真地巡護杉浦宅邸才是。

過了頭七，又過了三十五日法事，大監察方面什麼動靜也沒有。與次郎去找火災之夜說過話的戶田新藏，打聽後來的調查情況，卻不知何故，避而不見。戶田不在家，去大監察宅邸也抓不到影，甚至連有沒有像他說的那樣進行調查也不清楚。

三十五日法事做完後，藩府正式決定，立一個有血緣關係的少年繼承杉浦家。世系留下來了。

不當班的一天晚上，估算了時間，與次郎悄悄造訪丹羽司宅邸。

「終於決定加入我派啦？」

丹羽照例用悅耳的聲音這麼說，但看看與次郎的臉色，改口說，好像有別的事。

「是杉浦那件事。」與次郎說，談了火災之夜戶田所言，但沒提他的名字。「關於此事，不知大監察調查了沒有，您沒聽說什麼嗎？」

「聽說了。」丹羽說，但無精打采。「好像確實進行了搜查，但半途而廢。」

「中止了？」

「沒有證據。能當作證據的一個都沒有，再調查下去也沒用。」

與次郎怒火中燒。即使沒有證據，罪行不也必定是某個人幹下的嗎？除了一個老爺子，杉浦一家人酣睡，聲也不出地被火燒死，不可能有這種事。

「大監察是畑中派嗎？」

「不，千真萬確是我派。」丹羽困惑地看著與次郎。「但事情複雜呀。杉浦之事，兩派都不想再碰，丟到一邊兒，好像心照不宣。就此罷休，我派給對方賣了個人情，哎，就這麼回事。」

「就是說埋葬在黑暗裡嗎？」

「嚴格地說，就是這樣，但是像剛才說過的，沒有證據。在這種局面下再採取措施，就算是我們也力所不及了。不能疏忽大意。」看看與次郎的臉色，丹羽說，既然把話說到這個地步了，那就再說幾句實話。「杉浦一家被殺害的疑惑確實大，你認為是誰幹的？」

「我認為是淵上大人。」

丹羽默默點頭。

「二月初，杉浦大致收集完元老的意見，據我們打探，好像意見大體上對我派有利。這一點當然也洩漏給對方，所以，淵上也許找杉浦做了什麼工作。」

「……」

「加以威脅，讓他捏造對畑中派有利的意見拿到江戶去，但杉浦拒絕，就把他殺了，可能有這種事。」

「即使推測到這個程度，也不能搜查嗎？」

「難哪。」丹羽說。「如果有證據，就也能使之服罪，剷除一族，像淵上剷除杉浦全家那樣。可是，拿不出證據，那就辦不到，我方反而會受損。」

「……」

「藩主回藩，採納我派的改革方案之後，就板上釘釘了，那之後大概就要以家臣爭鬥為由處理那夥人，不過，那個人會保全性命。」

「……」

「淵上是這種人，甚至有人認為，除掉杉浦是對藩主的恫嚇，意思是你敢處置個試試。因為他是這種人，所以我們為改革開始做準備，賣一個人情。」

與次郎心裡充滿了悲哀的失望。這樣一來，杉浦和表姐都不能瞑目了。

過了兩三天，與次郎登門看望三宅俊六。他被砍傷腿，已經痊癒出勤了，但臉色還蒼白。

「找村瀨武館的三個人。」聽了與次郎的話，三宅當即說。「恐怕是一聲不響地全殺了。那麼利落，不是高手辦不到。」

肯定是之後把房屋點了火，三宅說。

「可未必三個人都參與。」

「當然，也許是其中的兩個人，也許是一個人，但是憑我的直覺，必然有一人有關係。」砍我腿的是野口甚平，三宅恨恨地補充了一句。

與次郎接著問畑中派裡有沒有這樣一個高個子大漢，三宅說那傢伙長什麼樣。

「那是夜裡，臉蒙著，所以不清楚。」

「聲音呢？」

與次郎模仿了在杉浦宅邸前遇到的大漢的聲音，三宅立刻說：

「啊，那就可能是海保彌太夫，營繕隊的小頭目。」

問杉浦作摩也不會說了，但現在據三宅所言，與次郎認為那個夜晚的客人是淵上無疑。

見了三宅以後，與次郎一直想抓住屬於畑中派的當年村瀨武館的高徒野口甚平、峽田光之進、石塚半十郎，但是像三宅說的那樣不容易，即便找到了，也難以引到無人之處。

第一個找到的是石塚半十郎，入贅之家的世職是管記，所以相貌與行當大相逕庭。臉瘦得像狼，有點古怪的性格也一如既往。

「杉浦？事情聽說了，但與我無關。」

對與次郎的露骨問話，石塚只是歪扭著瘦臉不悅地這麼回答。

但下一個找到的峽田光之進反應不同。他是美男子，成家卻很晚，一年前剛剛娶妻。來到他家，新婦露面，年輕輕的還像是少女。

「去外面吧。」

峽田一見與次郎，害怕妻聽見似的，心慌意亂地這麼說。然後就搶先穿街過巷，來到流經鎮西的菰田川岸邊。

「有什麼話？」

駐足回頭，峽田氣勢洶洶地說。那天晚上沒去杉浦宅邸嗎，與次郎問。

「哪天晚上？」

「明知故問，裝糊塗沒什麼好處。」與次郎說。「當然是發生火災的晚上。殺人，然後放火吧？」

「你這是故意找碴！」

「不，我知道是你幹的，想問的是有沒有野口。石塚沒參與，已經查清了。」

「什麼事，一點都不明白！」

「咳，這種態度那就算了，我只是把調查結果遞交給大監察。」

與次郎轉過身。間不容髮，峽田光之進飛快地拔刀砍過來。刀光反射早春的斜陽，讓與次郎覺察了他的動作。

那間與次郎單腿屈膝，弓背把鞘端傾斜，刺向後面，正中峽田心口窩。峽田仰翻在地，與次郎一躍而起，白刃抵住他脖子。

「你和野口的事我不說。只要我不說，藩主回來，你們也能躲過處置。但條件是說出下命令的人是誰。其實，我知道是誰，但要聽你說出來。」

藩主回到藩裡，昭示了藩政改革方針。不出所料，採納的是丹羽派方案。

又過了一個來月，晉升丹羽派，處分畑中派。畑中喜兵衛被追究家臣爭鬥的責任，褫奪家老之職，世祿減半，禁閉五十日。以家老為首，畑中派十幾人受到各種處分，但其中不見淵上多聞的大名。因為儘管盛傳他實際是盟主，但不曾出頭露面，哪裡都沒有打出他的旗號。

看到這時候，藤江與次郎付諸行動了。已經弄清淵上多聞每月一度去謠曲會，回宅邸要深更半夜。與次郎小心翼翼，以免留下證據。只要沒證據，即便被懷疑也總能擺脫。

初夏，沒有月亮的黑夜，淵上的男僕拎著的燈光讓與次郎捕捉到二人的行蹤。

冷不防從旁邊襲擊，打落了提燈。用刀背擊倒沒來得及出聲的隨從，反手便盡力劈砍了淵上肩膀。踩滅提燈，從黑暗的街頭跑開了去。

他彷彿聽見織尾說：與次郎，今夜做得乾淨利落，真漂亮呀，只我一個人看見了……就當作我們倆的秘密……

與次郎咬緊牙，繼續沿夜深人靜的街巷跑。像父親以某個時候為界眼看著衰老了一樣，他感到此刻自己的年輕結束了。

祝い人助八

叫花子助八

一

叫花子是乞丐的意思。不過，伊部助八被人在背後罵作叫花子助八，或者叫花子伊部，當然並不是他到處行乞，全因為身上污穢。

助八總是髒兮兮。衣服骯髒，可能很少入浴，身體時常發出惡臭。他是管倉庫的，進藩城裡的辦公房且不說，風傳他從家裡直接去倉庫的日子頭髮不束，鬍鬚不剃。倉庫在外城邊上。

這不單是傳聞，有一件事是藩士都知道的。那是去年五月，回藩不久的藩主心血來潮，視察倉庫。

倉庫有五棟收藏租米的糧倉，和一棟軍需倉。藩主、當值家老、近侍長等視察完糧倉，來到軍需倉。擔任軍需倉小頭目的助八迎接一行十來人，跟倉庫總管久阪莊兵衛一起帶路到處看。

不消說，軍需倉是貯藏糧食的倉庫，用於藩出兵、守城等備戰之需。帶殼的稻穀、大豆、蘿蔔乾、鹽、醬、乾薇菜、乾魷魚、叫棒鱈的鱈魚乾等分別裝在稻草袋或木桶裡，幾乎堆到了高高的天井。

倉庫總管久阪和助八在關鍵之處打開稻草袋，說明稻穀的保存狀態，展示所保管的醬、乾魷魚能隨時取用。物品不發黴，不腐敗，不生蟲，乃倉庫保管的職責。

巡視了一番，藩主基本上滿意。性情溫厚的藩主對助八的說明也一一點頭，並好言慰勉。

倉庫視察了一半，藩主就不時皺起高貴的長方臉，露出嗅東西的表情。還剩一點點就順利視察完的時候，藩主好像終於想到了從剛才就刺激他的異臭，與倉庫貯藏的東西不同的異臭來自何處了。

藩主駐足。又慎重地抽了抽鼻子，然後盯住了助八。

「是助八身上的味道吧？」

「是。」

助八滿臉通紅，接著變白了。他臉上到處留著沒剃淨的長鬍鬚，仔細一看，面頰、下巴淨是新傷口。那副狼狽相，一看就知道是聽說藩主要來視察，慌慌張張用短刀或什麼剃了鬍鬚。不剃鬍鬚，很容易讓人想像身體也不曾好好洗。藩主臉色陰沉，看著發出惡臭站立的助八，訓誡道：

「家臣是庶民的典範，邋邋遢遢可不行。」

這話當天就傳遍城內，伊部助八成了家臣的笑料。豈止被當作笑料，陪藩主視察的家老溝口主膳大發雷霆，險些加以處罰，多虧上司久阪莊兵衛維護，才得以無事。

久阪幫助八說話：兩年前妻子病故，他一直過著傷心的鰥夫生活。近來髒兮兮就是這個緣故，值得同情。而另一方面，助八管倉庫是一個良吏，從未出錯。

他進而喚起家老注意，助八是伊部藤左衛門之子，乃父憑香取派劍術被前代藩主雲景院特許立門戶。

「助八家是前代藩主殿下直接恩賜的，門第榮耀，此次之事對本人必嚴加訓斥，就請免予處分。」

「雖說是前代藩主恩賜，但是為是，非為非……」

這位當月值班的家老說，但聽著久阪的極力維護，當初非處罰不可的想法鬆動了，轉變話題。

「我看過伊部藤左衛門比武。」家老說。「呵，一刀就破了當武術教頭的志田采女之介。看那次比武時我還不到二十歲，至今難忘。」

「我也看了。」倉庫總管也說。「那場比武太精彩了。志田因此辭了教頭職務，但奇怪的是，聽說藤左衛門在人前顯露身手一輩子就這麼一回。」

「這麼一說，好像是的。」家老說，馬上又輕輕搖頭。「可也覺得看了跟志田的那場比武就足夠了。」

「是啊。」

「那個藤左衛門前幾年去世了……」家老撫摸刮了鬍鬚的發青的圓下巴。「香取派傳給助八了嗎？」

「聽說全都傳了。」倉庫總管說。「但只是聽說，沒一個人見過助八拿過木刀或竹刀。」

「這話也夠怪的。」家老說。

二人不知不覺地光顧聊武術，把處罰的事拋到了九霄雲外，最後溝口恍然發覺，說了一句作結：

啊，藩主殿下也不是那麼不高興。

然而，處分是免了，卻並非連家臣對助八的嘲笑也隨之消失。叫花子助八這個諢名從此叫開了。

「啊呀，叫花子助八要來了，可別靠前，薰得人一身臭。」

「不管怎麼說，畢竟是藩主封的邋遢男人呀。」

人們在背後議論取樂。

助八本人被總管久阪訓斥，當場就剃了鬍子，出勤也換了衣服，但沒過一個月，漸漸又髒兮兮了，即使把叫花子喊得震天響，潦倒之態復萌也無須費工夫。

他鬍子拉茬，低著頭往來於家與倉庫。確實是邋邋遢遢，那副樣子冒著小雨趕路，有時他可能知道人們在遠處嘲笑，便像蛇一樣揚起脖子，惡狠狠盯著聚堆眺望他的人走過去，那身影也不能不讓人覺得是不到三十歲喪妻的男人的孤影。

因此，家臣也不淨是嘲笑助八，雖然少，畢竟也有像倉庫總管久阪那樣用同情的目光注視他的。

二

不過，事情的真相往往並沒有詩意，除了倉庫總管從伊部助八的潦倒狀態看出鰥夫的悲哀，不得不說其餘的眼睛與那些只看表面譏笑叫花子助八的輕薄之徒幾乎是半斤八兩，看不透助八的真意。

誠然，鰥夫不自由，但伊部助八不至於像人們想的那樣悲傷妻子的死。當然，相伴六年多的妻子猝死並非不悲，但處理完死後的一切事情，出乎意外，很快地他有一種解放感。對誰都不能說，其實，亡妻宇根是一個讓助八棘手的惡妻。

宇根比助八大兩歲。似乎是這麼個情況：過了結婚年齡，擔心再不嫁就得給人續弦的時候有人來提親，所以沒工夫考慮就嫁到伊部家，娘家食祿一百石，而伊部助八才三十石。生活不一樣，作法就有異。

宇根好像到最後也沒有適應這種身份之差。你可得努力有出息，不然，我娘家人傷透心，這成了她的口頭禪。讓女兒嫁給了窮看倉庫的，娘家父母傷心，這藉口太不像話。

起初宇根只是背地裡對助八這麼說，可過了些年月，那時助八的母親還活著，當她面也嘟噥，拿富裕的娘家作例子，責怪婆家日子窮。婆婆病故以後，更變成誰都不在乎的悍婦。

不僅對助八說三道四，連衽席之事也嘮嘮叨叨，可見宇根並非嫁過來豹變為悍婦，定然本來是這種性格的女人。

雖然年齡小，畢竟是伊部家的戶主，當初助八狠訓宇根。

但不用多少工夫便發覺宇根的悍勁兒有點令人無能為力。反復訓斥也罷，爭吵也罷，終究一點都改變不了她。

這媳婦也不是不稱心說離就能離的。因為和宇根的婚事，說媒的是母親家那邊對助八有恩的親戚，況且雖是惡妻無疑，但宇根也是持家有方的媳婦。助八家直到兩年前，不用說佛龕，連地板、門檻窗櫺都被愛乾淨的宇根擦得亮光光。最後助八能做的就只有沉默。

宇根死後助八立馬變髒了，當然是失去了主婦的緣故，這一點無疑，但也是從亡妻的蠻橫干涉下解放，有點像是生活的鐵箍被摘下了。

倉庫總管久阪所說的鰥夫傷懷當然也是高估，其實，助八在和宇根的生活中多少窺見了介於男女之間的地獄。人們沒覺察，就是從那時開始，助八走在街上頭總是低著，陰沉沉，近來不過是外表髒得厲害，那種陰沉變得顯眼了而已。

現在，助八放工回到家，把出勤著裝的短褂和裙褲脫下往旁邊一丟，就盤腿大坐搞副業——編蟲籠。累了一下子躺倒，沒誰說什麼。沒想到一個人生活竟這麼輕鬆自在。

嚴格地說，助八不是一個人生活，家裡還有一個叫阿金的老奶奶幫忙，是擔心他生活的親戚打發來的。阿金已年近七十，只管燒飯，家裡清掃也做不好，有空就在廚下大睡。

她老朽得助八簡直要懷疑親戚的良心，莫非是把不能使喚的累贅老奶奶打發到這兒來了？但有人燒飯他也就滿足了。

澡是高興洗就洗，不高興就好些日子都一身臭汗。有時抓起搞副業得到的小錢，用手巾包頭遮面去附近的街坊，在有板凳的小酒館裡喝一杯。這是他當了鰥夫以後學會的樂趣。叫花子助八的壞話也傳到他耳朵裡，最近親戚也叨叨找個填房，但助八暫時不打算放棄現在這種有一點墮落的單身生活的悠閒自在。

女客來訪的四月的那個晚上，助八正挺直臭烘烘的脊背讀平日愛讀的史記。

三

聽見阿金老奶奶叫，助八來到門口，女客取下頭巾，親切問候。

「有一陣子沒見了。」

「啊，這個……」

「這麼晚了突然來打擾，對不起。」

「哪裡哪裡……」

雖然回答著，助八卻不知道對方何許人也。或許是找錯門了吧，眼前的美女簡直像覺察出他正這麼想，嫣然一笑：

「忘了吧，我是飯沼家的波津嘛……」

「啊？」助八一愣，緊接著狼狽不堪地說：「哎呀呀，原來是波津，長得這麼漂亮了，一下子沒認出來。」

飯沼家世職為管記，嫡子倫之丞是助八的摯友。小時候上富田佐仲的私塾學朱子學，二人的交往從那時就開始了，近年因助八出仕，見面有點稀疏，可過去你來我往踏破了門檻，樂此不疲。

倫之丞的父親是管記，學養深厚，深得藩主信賴，「外交文書就交給飯沼作」，已到達這種程度。近年有點體衰多病了，留在藩裡做事，而壯年時則隨藩主駐江戶，每隔一年便奔波旅途。由於這個緣故，飯沼家經常有一種江戶氛圍。

或許是這種家風所致，倫之丞的兩個妹妹也不故意躲在閨房，每當助八來訪，她們大大方方端來點心，若趕上三月的上巳女兒節，就把助八領進裡邊看擺設的偶人，請他喝供奉的米酒。所以，此刻在眼前的波津是助八從小看到大的。

不過，所謂大，頂多是她十三、四歲的時候，後來姐妹倆就確實藏在深閨，助八目所不及了。關於這波津，還是兩年前聽倫之丞說過，嫁給巡檢之職的甲田家了。

這就一下子認不出來……

看著美目白頰，胸前和腰圍雖顯得纖細卻已難掩豐腴的波津，助八暗想。以前見過的波津，與現在的本人相比，就像是作繭自縛之前的蠶。

「哎……」助八恢復了平靜，說，「你有什麼急事嗎？」

「是的。」

波津垂下頭，但是再揚起臉時露出微笑，說：聽說我離開甲田家了嗎？

「有所耳聞。」

「那麼，豐太郎不答應離婚，到處亂鬧，也聽說了嗎？」

「那也聽說了。」助八說。

前些天聽倫之丞說過，波津回了娘家是萬不得已，但丈夫豐太郎隔三差五就闖來大鬧找麻煩。還說，飯沼家害怕豐太郎，把波津藏到親戚家，豐太郎又闖到那裡，罵得不堪入耳。不過，關於波津的這些新消息，助八聽得並不上心，因為當時自己的煩心事就夠多了。

「看來你丈夫很不想讓你走吧。」

助八說，波津低頭一笑。那笑有點神秘兮兮，意思不明。波津抬起臉，很乾脆地說：

「辦完離婚手續了，那個人已經不是我丈夫。」

「噢。」助八目不轉睛地看著波津，心情一轉，問：「那麼？」

「剛才媒人安松大人火急火燎地派人來，說甲田喝醉了，去我家了，要小心。」

「哦。」

「哥哥聽了，非常慌，讓我今夜到你家住，所以連東西都沒帶就跑來了。」

「……」

助八抱起胳膊。甲田豐太郎是鎮上叫阪卷的單刀派武館的高徒，身材高大，武功精良。相比之下，飯沼家的男人們，父親病弱，倫之丞文弱，武功不過是小時候在藩武館玩過竹刀而已。倫之丞的狼狽相如在眼前。可是，助八想，我一個鰥夫，此事若傳到外面，很可能成為震撼藩士的醜聞。雖然同樣是笑料，這卻有失武士的體面，而且波津也會同樣被人笑話。

「這可有點難辦。」

助八說得斬釘截鐵，波津臉上又露出剛才那種莫名其妙的微笑。她用有點調皮的口吻說，我想你可能會這麼說。

「伊部大人是一個人吧，那麼，能讓我躲一會兒嗎？」

「啊，那當然。」助八這才發現還一直讓柔弱的女客在門口的土地面上站著，趕緊說：「快快，請進來，不要客氣。」

可這麼說的時候助八覺得剛才的狼狽眼看著又回來了。他感到接待這麼突如其來的美麗女客，這個家，家的主人，都未免太髒了。這情形就是久已沉溺於酣眠的羞恥心看見波津一下子醒了過來。

「老奶奶，拿茶來！」

助八一邊把波津領進客廳，一邊朝廚房大喊。

大喊固然是為了叫醒可能又在打盹兒的阿金，但也是拼命臨時抱佛腳，大喊一聲就多少使波津的注意從榻榻米上的一層塵埃和自己散發惡臭的身上挪開吧。

在客廳裡相對而坐，阿金老奶奶端來溫吞吞的茶就出去了。事已至此，助八也只好不再尋思，苦笑一下說：

「家裡髒，想必嚇一跳吧。」

「沒有啦。」

「這個房間最乾淨了，半個月打掃一次塵土。」

助八自虐地說，看著波津的臉。波津莞爾而笑，看了看助八，臉上沒有助八所預期的嫌惡表情。也許波津滿腦子自己的心事，無暇他顧，助八暫且鬆了一口氣。

「老奶奶年紀大了，我又要出勤，連打掃家裡都顧不上。」助八辯解，至於自己身上縈繞的惡臭不予解釋，便換了話題。「後來你姐姐怎麼樣，還好嗎？」

四

估計快要半夜零點的時候助八和波津出了助八家。果不其然，路上聽見高蓮寺的零點鐘聲。

助八家與波津家中間只隔了步卒雜役的宿舍和商家工匠的房屋相雜的百軒坊，距離不算遠。二人匆匆走過不見人影的寂靜夜路，來到波津家。

院門一推就開了，沒有上閂。助八止步，看看正房那邊，不見燈光，家裡好像都入睡了。

「看起來那個傢伙走了。」

助八回頭說，波津深深鞠躬，鬆了一口氣似的，說：

「今晚耽擱了您的時間，對不起，伊部大人。」

二人進了院。毫無警惕地走近門口，這時，房門裡邊有燈光忽閃忽閃地晃動。像是有人要出來。助八噗地吹滅提燈，閃進門前的樹叢後面，護住身後的波津。幾乎前後腳，房門打開了，一個男人拎著提燈走出來。因為馬上就轉過身去，所以沒看見臉，但特別高的背影無疑是甲田豐太郎。

他背朝這邊，說：

「知道了吧，地點在般若寺後頭，時間是下午兩點。」

聲音醉醺醺，含混嘶啞，又叮囑一句：

「別給我忘了！」

「突然跑來說這種無禮的事，叫人為難！」響起倫之丞的尖銳聲音。怒氣衝衝，但聲音很慌亂，不知所措。大概人在門裡，看不見他。「我不去。不論怎麼醉，決鬥什麼的豈有此理。要是強逼，我就去報告上頭。」

「又、又誇大其詞。」甲田的聲音裡混雜著嘲諷的笑聲。「並不是拼命喲，敝人，甲田豐太郎……」豐太郎打了一個飽嗝，說不好意思。「甲田豐太郎不那麼傻，只說了拿一把木刀。武士就要像武士，這麼解決問題。你說什麼呀，我沒醉。」

「你這是胡鬧，不像話。」

「什麼胡鬧？」豐太郎大喊，聲音裡帶了恫嚇的味道。「我已經知道，這次離婚就是你鼓搗的。安松老頭兒這麼坦白了。」

「……」

「我不留戀波津。不喜歡無可奈何。可對你，我有話說。就因為你，我成了周圍的笑料：那個人跑了老婆。為了出出這口氣，我說幹一場，那不就雙方都痛快了嗎？」

「可我……」倫之丞發出嘶啞的聲音。「實話告訴你，我壓根兒沒握過木刀。」

「這我知道喲。」豐太郎冷冷地說。這句話露出冷酷的本性。他糾纏不休地繼續說：「要是怎麼都不願意，不來也行，可那樣的話，我的心情也過不去，也許還要經常來這裡打擾，那也不在乎嗎？哎呀……」看見豐太郎舉起一隻手。「最好不要報告給上頭，我可不幹那種遭人譴責的蠢事，會幹得更巧妙。」

這個人不配當武士，助八想，這時發覺波津不知什麼時候抓住他裙褲後面的手，像得了瘧疾一樣激烈顫抖。正要回頭時，頓有所悟。

原來是害怕這個人！

為什麼早沒覺察呢？

倫之丞跟助八講波津離婚時，說了波津慘遭虐待的情形。助八聽了，簡單地認定是世上常見的婆媳關係，理解為波津受婆婆虐待，但看來施加虐待的是眼前這個男人。

大概波津嫁給了一個喜歡折磨人的男人。這只要聽聽他剛才的說辭就一清二楚。

助八想起波津來他家時露出的奇怪笑容。那一定是不能訴說最想訴說的事情的笑。想罷，他輕輕掰開波津的手，走了出來。

「代替決鬥也可以吧？」

助八搭話，豐太郎閃挪高大身軀，迅捷驚人。往旁邊掠出一丈開外，轉向助八，左手打開了鞘口。

但右手沒放下提燈，舉起來照見助八。大概這時也發現了藏在助八身後暗處的波津。略微點了兩三下頭，然後問：

「你是什麼人？」

「伊部助八，在倉庫當差。」

「哦，看倉庫的嗎？」說罷，似乎想起了助八的名字，頓時消除了緊張，臉上浮起嘲弄似的笑。

「什麼叫花子助八就是你吧？」

「好像也有傻瓜這麼叫。」

「你跟飯沼、波津是什麼關係？」

「倫之丞是自幼的朋友，波津女士是倫之丞的令妹，如此而已，很遺憾，沒有你現在胡亂猜想的關係。對了，請注意一點……」助八警惕地看著豐太郎，說：「波津女士已經跟你沒關係，直呼其名不好吧，非常不中聽。」

冷笑從豐太郎臉上消失，一下子兇相畢露。往地上啐了一口，說：

「看倉庫的，明天有工夫嗎？」

「正好歇班。」

「敢替人出頭，想必有把握啦。」

「怎麼樣，那就明天會一會？」

「好，明天般若寺後頭下午兩點，用木刀，見證人我找，行嗎？」

助八回答說可以，甲田豐太郎狠狠瞥了一眼波津和來到外面的倫之丞，轉身走人。

五

從正殿側面進入雜木林小路時，助八聽見高蓮寺的鐘敲響了下午兩點。林中空氣有點涼，明亮的日光隔著頭頂上遮掩的小枹樹和栗樹的嫩葉灑下來。快步穿過樹林，來到寺後的空地。

幾個人頂著炎熱的陽光站在那裡，齊看著助八。想來是豐太郎的朋友，個個是穿戴整齊的年輕人。人數有點多，這就是來看熱鬧的見證人吧。豐太郎也在，被圍在當中。

有人說了什麼，人們衝著助八發出有節制的體面的笑聲。助八默默站立，也跟著笑的豐太郎繃起臉走過來。

「來晚啦！」

「不算晚，就在那裡剛聽見鐘聲。」

「啊，算了。」豐太郎說，立刻盯住助八手裡握著的白木棍，用兇狠的聲音問：「那是什麼？」

「本派的棍子，代替木刀用。」

「跟約定的不一樣嘛。」

「我是被叫作叫花子的伊部，在跟前擺弄木刀，怕你被惡臭薰倒。」

那夥人這回無所顧忌地放聲大笑。只有豐太郎沒笑，比量著助八與棍子。那表情是在考慮棍子與木刀的利弊。

「啊，剛才是開個玩笑。木刀碰著了，弄不好會死，不適合私下裡比武。這一點，這根棍子就放心，打著了也就疼一下。」

「那怎麼知道！」

「要是懷疑，就請看看吧，很輕的。」

「喂，遞過來。」

助八把棍子扔給豐太郎。豐太郎抓住，用一隻手揮了揮棍子，好像相信了，馬上扔回來。然後簡單地說：

「好，開始吧。」

二人立定相向，擺出架勢。豐太郎的刀尖直指助八眉心，助八把木棍向地右斜。圍觀的人看出，巨漢豐太郎手裡的木刀自有威懾對手的力量，而身材遜色但體格健壯的助八的棍子顯然也修練有素。如若欠考慮，劈砍下來，那木棍就會從左上方突襲。

雙方一點點移動腳下，久久對峙。助八木棍的架勢天衣無縫，目光的銳利更壓倒一切，看的人屏息靜氣，對助八的印象為之一變，與剛才判若兩人，那猛禽一般不眨動的眼睛注視著豐太郎的動作。

先出招的是豐太郎。他大喊一聲衝上來，直擊助八肩頭。劈砍神速，但助八抽身更快。他像流水一樣退後。圍觀的人看見四尺的木棍　那間縮為一尺來長。

助八站穩，緊接著反而踏出一步。這個動作看上去正好迎擊豐太郎的劈砍，卻只見助八收回手底的木棍有如魔術般伸長，擊打豐太郎的鬢角。嘭，發出乾燥的聲響。

白光一閃，豐太郎的軀體被彈出似的跌翻在地，昏死過去。觀眾騷然時，助八已轉身離去。

當晚，飯沼倫之丞帶著禮物來助八家。過了數日，助八不在家的時候波津也來了，裡裡外外打掃而去。她此後常來，打掃了就回去。

過了一個來月，倫之丞又來了，說可能失敗丟了臉，那以後甲田豐太郎再沒出現。然後順便說說似的，問有沒有意思讓波津作填房。助八拒絕，說是吃夠了門不當戶不對的苦頭。飯沼家也是一百石。

助八知道波津的性格招人喜愛，但是怕過了門，日久天長，就是她也難免疲於貧窮，變身為悍婦。對於和亡妻宇根的苦澀日子還心有餘悸，不想把波津也弄成那樣。

代替倫之丞跟豐太郎決鬥，飯沼家感恩不盡，心裡不免沉重。而助八在人前顯露了家傳的刀法，也有點後悔。亡父當年傳授完本門武功，曾告誡助八：「所傳武藝除了防身之外，要秘而不用。在人前顯擺，早晚會招災。」

思量亡父之言，助八難以接受在人前輕率動用了武功便得到一個漂亮媳婦的結果，斷然堅拒。

而那年秋天，亡父預言的災厄降臨到助八頭上。

六

「殿村彌七郎刺殺了中老，此事聽說了吧？」

家老溝口主膳說，助八說聽說了。然而，他搞不清楚家老為什麼不在藩府裡，卻把他叫到宅邸來，就為說這種事嗎？

這年夏初發生了一件驚人的事情。職司總領的殿村彌七郎在藩城中刺殺了中老內藤外記。傳聞二人早就不和，但也有說錯在內藤。

或許是這個緣故，本該當即命殿村剖腹自裁，卻在大監察盤詰之後禁閉在家，等候判決。不，已作出判決，是等著人在江戶的藩主最後裁斷。

總之，事件就這麼拖到了秋天，幾位家老輪流值月班，本月又輪到溝口，他叫來助八，端出這件事。

「大約已經是一個月前吧，關於彌七郎的處分，藩主來了旨意。」溝口說。

藩主的旨意是把殿村連同全家驅逐藩外。這是承認殿村有理而減罪。當然，殿村彌七郎應該感謝藩主的寬大處置。

「可是，彌七郎脾氣倔。」溝口說。

殿村對寬大處分唯有感謝，按照旨意，全家一個不留地去藩外。可是，他說自己是生在這塊土地，這座宅邸，受不了流浪他藩，所以要死在這裡，讓藩府派殺手來。

藩府對殿村家嚴加警戒，再次派人急赴江戶。

「今早回信到了，藩主大怒。」溝口說，看著助八的臉。「旨意是即刻派人去殿村宅邸，按他的願望殺死他。這是理所當然的，敬酒不吃吃罰酒。」

「……」

「說到這裡就猜出來了吧。重臣商議的結果，派你當殺手。」

「請等一下。」助八說。他覺得毛骨悚然，殿村彌七郎可不是一般的總領，他是劍客，而且是甲田豐太郎之流遠遠不及的真正的劍客。「如您所知，殿村大人是直心派高手，大名鼎鼎，而我……」

「知道，知道。」溝口說，臉上露出冷笑。「所以才選中你。不是說今年春上，跟甲田的兒子，你顯露了出類拔萃的武功嗎？」

「……」

「藩裡也不是說白幹。圓滿完成就加祿。我估計，增加何止五石、十石。」溝口注視助八，似乎看出他無精打采，驀然發出高壓強制的聲音：「要是說什麼也不幹，我也有辦法。聽說甲田的兒子至今還耳鳴不止，這算是私鬥，別說加祿，還要減祿！」

從家老宅邸回到家，助八向廚房裡探頭問，老奶奶，會梳髮髻嗎？既然充當殺手，就應該洗淨身子，束好髮髻。

「過去幹過，最近不行啦。」

「真是個什麼都不能做的老太婆。」助八冥思苦想，突然想起一個好主意。「打發你去過橘坊的飯沼家吧？」

「啊。」

「就說有急事，把飯沼家的波津女士叫來。大概會來的。」

快點兒，別摔著。把阿金打發走了之後，從井裡打水，仔細洗了身子和頭髮。

像助八估計的一樣，還不到半個時辰波津就趕來了。講了原委，波津驚愕，但隨後就寡言少語地幫他換衣服，梳髮髻。

助八想要說婚事，大概是從波津平靜而利落地為他拾掇的身姿，剎那間看見了家庭幻影的緣故。只因波津在，他感到身邊暖烘烘，而且這時也清楚看見了鰥夫生活的扭曲。

「先前倫之丞說了……」閉著眼睛由波津梳理，助八說。充滿幸福感。「要是你也願意，我想你來我家……怎麼樣？」

梳髮髻的手停下了。但波津什麼也沒說，又梳起來。過了一會兒，說：

「要是再早點兒能聽到這話就好了……」

「……」

「前兩天跟別人訂婚了。」

「啊！」助八說。彷彿一下子醒過來，為自己的一廂情願而羞愧不堪。「這太失禮了。那就不該讓你做這種事呀。」

「沒關係，叫我來我很高興。」

「不過，恭喜你。」

「哪裡呀，也不是那麼值得恭喜的事。」波津小聲說。「那位大人有兩個孩子，年齡也太……」

穿過街巷前往殿村宅邸所在的鷹匠坊，一路上，波津的話在助八心裡翻上翻下。對於波津，對於自己，好像弄出了不可挽回的錯誤，助八少有地心情沮喪。

這可不行……

助八搖搖頭，要趕走波津的幻影。心裡想事，腳不停步，收住腳步時已經在總領殿村彌七郎的宅邸前。

門大敞四開。踏上低矮的一排石階，在門前站住。只見宅院裡空空蕩蕩。家屬獲允，今晨早早就走了，奔往藩境，現在應該只剩下殿村一個人等著殺手。

但不見殿村，宅邸靜悄悄。助八解開短外褂的帶子，打開刀的鞘口，然後跨過寬闊的門檻，走進宅院。觀察了一下動靜，轉向能看見的房屋門口。

噹地一聲，大門關上了。助八一下子甩掉外褂，回過身來。一個魁偉的人留意著助八，插上了門門。

「哈，這樣交手時就不會有多餘的人來了。」

他拍打兩手這麼說，重新看助八。雖不及甲田豐太郎，但畢竟身高肩闊，年齡大約有四十多。眼睛圓圓的，鼻子盤踞在臉上，為了嗅物的鼻子應該就長這樣吧，所謂的獅子鼻。薄嘴唇長長地抿成一橫。這也是他第一次近在咫尺看殿村彌七郎的相貌。

據說殿村繼承家業之前在江戶修煉直心派十餘年，歸藩來刀法無敵。不過，這是十幾年前的老話了。要說有隙可乘，也就是這一點，助八暗想，這時殿村拋過話來：

「藩府差遣來的，應該是不得了的高手吧，卻不知道名字，報上來。」

「伊部助八。」

「伊部……呵呵，那麼說你是藤左衛門的兒子嗎？」

助八說是的，殿村用輕蔑的眼光看助八。默不作聲，久久凝視，之後點一下頭，仰面朝天，很開心似的笑了。他把肩上束衣袖的帶子重新繫了繫，說：好，香取派，開始吧。

助八拔出刀，刀尖迅即指向對方的眉心。這時殿村的裝束才進入他眼中。殿村彌七郎下穿便於行旅的肥筒緊口褲，腳蹬草鞋，看意思是宰了助八就奔出藩鎮。想到他或許就是為交鋒才這身打扮，助八感到脊背發涼。

對手是一個劍魔。剛才的笑大概是看出殺手助八是一個好敵手，感到滿意。助八心想：不出所料，果然是一個勁敵。這個魔鬼間隔了大約五、六丈，踏出左足，右手握刀下垂。不容再想，殿村已經像是把刀高高扛在肩上疾奔過來。腰身沉穩，跑得很漂亮。

助八只穿布襪子，踏牢雙腳，等待對方砍過來。一場持久的戰鬥開始了。

俯伏在地，頭耷拉在雙肩之間，助八用整個身體喘息。

心臟跳得簡直要裂開，氣喘吁吁，但逐漸平靜下來。抬起頭，看看倒下的殿村彌七郎。

在幾近一個時辰的交鋒過程中，太陽西斜，消逝在薄雲之中。殿村的身體一動不動地橫在開始覆蓋地面的暮色中。

助八站起來。用失去了力量的腿蹭到殿村旁邊，再次確認生死，把拭了刀上血跡的紙塞進他衣袖裡。這是規矩。此時，好像太陽從雲隙間出來了，秋天的疲軟陽光灑在殿村的遺骸上，照見從肩頭的傷口露出來的白骨。

助八的臂和腿也受了兩處傷。解下束袖的帶子勒在腿上，拾起外褂移步。

從便門出來，一個束起衣袖、頭紮抹額的人悄悄從暗地走出來，問道：

「完了嗎？」

像是大監察的手下，說話小心翼翼。完了，助八回答。

「啊，大門關上之後就什麼動靜也沒有了，真叫人揪心。哎呀，受傷啦。」

「啊，擦破了一點皮，剩下的就拜託了。」

助八說，邁步走去，那個人說路上小心，然後揮手發出信號，於是殿村宅邸旁邊出現一隊人，手持長槍，從助八剛才出來的便門像溪水一樣流進了宅邸。

一邁步，傷口就疼得不得了，好像又開始流血了。挑沒人的路走，太陽完全落下去，微微泛白的暮色降臨到街鎮上。

讓老奶奶燒洗澡水……

必須先處理傷口，助八想，但覺得就一個人沒有把握。大概馬上去醫治的好，可哪裡有醫生也不知道。

波津也許知道吧，但她應該已經回去了。波津說不等您回來了，小聲說祝您取勝，把助八送走。這是當然的，因為跟她毫無關係，助八想。突然，一種以前不曾感覺的強烈的孤獨感緊緊裹住他。咬牙忍痛繼續走。他沒有意識到，自己有發燒的徵兆，腳下略微打晃。

總算挨到了居住的街巷，眼光摸索到自家的破門時，看見門前昏暗的路上站著一個黑乎乎的人影。助八站住了。

助八一站住，黑影便跑了過來，木屐聲聲。微微泛白的臉是波津。助八以為出現了幻覺。